谨以此文，献给咱们的父亲母亲……

——译者

鲤鱼粥

[日] 村田喜代子 著

孙航 先会 译

陕西师范大学出版总社

图书代号：WX22N0765

Anata to Tomoni Ikimashou by Kiyoko Murata
Copyright © 2012 Kiyoko Murata
Simplified Chinese translation copyright ©2022 Shanxi Normal University General
Publishing House Co.,Ltd
All rights reservedOriginal Japanese language edition published by Asahi Shimbun Publications Inc.
Simplified Chinese translation rights arranged with Asahi Shimbun Publications Inc.
through Hanhe International(HK) Co., Ltd.
图书版权登记号：25-2022-126

本成果受到浙江海洋大学外国语学院学科建设经费资助，在此致谢。

图书在版编目（CIP）数据

鲤鱼粥 /（日）村田喜代子著；孙航，先会译. —
西安：陕西师范大学出版总社有限公司，2023.3
ISBN 978-7-5695-3249-4

Ⅰ.①鲤… Ⅱ.①村… ②孙… ③先… Ⅲ.①长篇
小说—日本—现代 Ⅳ.①I313.45

中国版本图书馆CIP数据核字（2022）第201950号

鲤鱼粥
LIYU ZHOU

[日]村田喜代子 著 孙 航 先 会 译

出 版 人	刘东风	
责任编辑	焦 凌	
责任校对	张 佩	
封面设计	SHIRLEY_book	
出版发行	陕西师范大学出版总社	
	（西安市长安南路199号 邮编710062）	
网 址	http://www.snupg.com	
印 刷	山东临沂新华印刷物流集团有限责任公司	
开 本	787 mm×1092 mm 1/32	
印 张	8.25	
插 页	4	
字 数	141千	
版 次	2023年3月第1版	
印 次	2023年3月第1次印刷	
书 号	ISBN 978-7-5695-3249-4	
定 价	48.00元	

读者购书、书店添货或发现印刷装订问题，请与本公司营销部联系、调换。
电话：（029）85307864 85303629 传真：（029）85303879

目录

第一章　两个人的旅行　　　　　　　001

第二章　女人们　　　　　　　　　　045

第三章　烧野　　　　　　　　　　　103

第四章　花儿，枯萎了……　　　　　147

第五章　鲤鱼粥　　　　　　　　　　177

第六章　遥远的声音　　　　　　　　219

第一章

两个人的旅行

那天晚上，义雄泡完了澡从浴室里走出来，他光着上半身走到我的身后。我在厨房把晚餐用过的碗呀筷子呀什么的——洗涮完毕，然后坐在饭桌前，点了一支烟抽着。义雄站在我身后，说：

"喂，你给我瞧瞧后背。"

这已经是去年九月初的事情啦。

当时，我也没怎么在意，只是茫然地看着他的后背，还问他，瞧哪儿呀。

我把吸了半截的烟卷递给义雄，扳着他的身子，用目光在他赤裸裸的背部上上下下画着"之"字。因为在热水里浸泡的原因，这一块厚实的脊背，温润、饱满，涨得绯红。好久没这么看过自己的男人的光溜溜的后背了。他的后背上，什么异常也没有。

我的职业习惯使我对义雄的毫无异恙的后背做了一个大致的估测：肩宽四十五厘米，用行业术语来形容，属于"怒肩"——看起来有点夸张地端着肩膀，并且，上半身比下半身要长出一些。这是一副很典型的六十多岁的日本男人的身材，不胖不瘦，背部的肌肉仍然很发达。因为年龄的关系，后背开始自然向前倾斜，因此裁剪上衣的前后尺寸要考虑到，还有袖子……

"没长什么东西吗？"

隔着宽厚的脊背，他一边抽着我的烟一边问道。

"什么也没有啊，"我说，"从肉里边没长出什么东西，连被小虫子啥的蜇过的痕迹也没有。到底怎么啦？"

"刺痒痒的。从后背的左边、中间偏下，那个地方……"

"没有呀，看不出什么奇怪的地方。"

也许是很久没这么看过他的后背了，忍不住想多看一会儿。这个人长着这样一块后背，以前，可能会更紧绷、更挺拔一些吧，不知不觉成了现在的样子。

"真的什么也没有吗？连红肿一点的痕迹也看不出来吗？"

他吐了一口烟，又问道。我用手掌在他的后背上抚摸着。

"没有，真的连一点红肿的痕迹也看不出来。"

沉默的后背。辽阔宽广的躯体的一部分。在解剖学上，前胸和后背是一样的吧，都被称为"胸部"，但是后背常常不被认作是胸的一部分，一向被冷落着。从服饰上考虑，人体的前和后，不得不独立出来，分别对待，前部为胸区，后部为背区，设计和剪裁是截然不同的。

女性的胸部有膨胀的乳房，男性的胸部可以有和乳房相媲美的发达的胸大肌，还有胸毛。也就是说，无论女性还是男性，胸的"表情"是丰富的，引人注目的，相对而言，人体的后背没有明显的性特征方面的差异，是无"表情"的、暧昧的一部分。就算是在服装设计上，后背也远不如前胸那么令人煞费苦心。

看着义雄白生生的后背，不由得产生了一些联想。

从学生时代开始，义雄就喜欢打篮球，他的手臂灵巧有力，在做投篮动作的时候，后背上隆起的肩胛骨，像一架竖琴一样，展现出美丽的、婉约的双曲线，这是我能想到的、义雄后背上唯一的"表情"。如今，这样的"表情"早已暗淡，像一块渐次溶化的奶酪，变得平滑松软、默默无闻了。

"怎么个痒法？"

"好像蚂蚁在爬。一群蚂蚁排着队，在皮肤里头，吱啦吱啦地爬，说不出来的刺挠。"

"是血在流动吧？血管里流动的血，怕不是出了什么毛病吧？"我说。皮肤表面上既然看不出异常，那么就应该是皮肤里边出了问题。

"手腕上的动脉不是一抖一抖跳着嘛，那里边要是出了问题，也许会有你说的那种感觉。"

"可是，后背上有动脉吗？"

我离开厨房，到自己的房间拿了一张四开大小的人体图回来。我在本市的一所服装设计学院上班，在课堂上给学生们讲模特论和服装文化，以此为业。服装是人体的外围，依附在人体上，因此，人体图是手头必备的资料。

虽说能看懂人体图，但是并不意味着我对人体了解。

胸部的正面稍稍偏左的地方，红彤彤的像太阳一样的东西，是心脏。从那儿开始，红色的大动脉和青色的大静脉枝蔓一样延伸出来，从颈部到头部，到两臂，从腹部到大腿，到脚底，根须一样的血管错落着。果然，在脊椎的下面，有一条很粗大的动脉，几乎是在背部的正中间，义雄后背发痒的地方，是在左侧偏下，和背部大动脉的位置不太一样。

"义雄，如果你觉得不对劲儿，就去医院看一看吧。"

我从他手里取回我的烟卷，建议他说。

"别那么大惊小怪的。"义雄打断了我的话，开始穿上衬衣。的确，只不过是后背有些痒，因此就跑一趟医院也划不来。

说起来我和义雄也称得上青梅竹马，结婚那年是昭和四十九年，按西历算是公元一九七四年，横空出世的所谓"日本列岛改造"论，使地价攀升，通货膨胀，世间一片骚然。那一年让人记忆犹新的新闻好像特别多，比如首相田中角荣的下台，比如棒球选手长屿茂雄的突然引退，再稍早一点是涉及全球的第一次石油危机的发生，在我居住的城市博多也发生了家庭主妇们抢购卫生纸和洗衣粉的荒唐事。科幻电影《日本沉没》和畅销书《诺查丹玛斯大预言》也是那一年发行的。惶恐不安的情绪像风一样在城市的各个角落吹来吹去，然而，每一次下班之后的约会，仍然是甜蜜和令人期待的。

义雄今年六十四岁了，正好比我大两岁。

他在本市开了一家属于自己的机械设备设计事务所。我们刚结婚的时候，他还在一家知名的钢铁公司上班，曾经参与设计过美国阿拉斯加的原油储备港的大型栈桥。以前，义雄一喝点酒就特别爱说话，神态像个孩子。从他絮絮叨叨的言谈之中，我居然记住了一些人名：田中、鬼塚、中村、吉井……不过，这些都是义雄的竞争对手或者令他讨厌的家伙。

受了义雄的影响我学会了抽烟，大概也是那个时候吧。

年轻的时候那么爱说话的义雄，现在像变了一个人似的。现在，他工作上的事，从来没和我商量过。反倒是我，对于一些鸡毛蒜皮的小事，稍不克制就会唠唠叨叨个没完没了。

　　从独身时代开始，很长一段时间我一直在一家广告公司上班，我的主要工作是做美术设计和电视广告的脚本创作。在别人眼里我是一个要强的职业女性，女儿出生后我仍然坚持不放弃工作。直到我四十五岁那年，因为要护理卧床不起的母亲的起居，不得不辞掉那家广告公司的工作。一年以后母亲去世了，我又找了一份工作，也就是在现在的服装设计学院。虽说是服装设计学院的老师，可我并不懂缝纫和裁剪的技术，也就是说，只动口不动手，在被服系，我的课是形而上学的模特表演和服装文化。

　　年轻的时候，在我眼里，那些六十多岁的人已经算是十足的老人了。可是如今自己也到了这个年龄，却没有感觉到什么叫老。没感觉到老也并不意味着时间在自己身上停滞不前，抑或对自己有什么特殊照顾。站在人生的所谓耳顺之年的坎儿上，向后看看再向前看看，哪一截长哪一截短，那是一目了然的事啦。

　　时间是永恒的，然而属于自己的只是那有限的、可怜的一小部分。岁月漫长吗？人生苦短吗？天若有情天亦老吗？

　　平静下来，再看看自己的身边，觉得还不至于悲观。年过花甲的这一茬人仍然是这个社会的中坚阶层，显示着不可忽视的存在感。试想，如果把年过六十的人从这个世界上所有的行业里开除出去的话，结果会怎样呢？——政界里首相和诸位大臣没有了，商界里那些知名的老板没有了，棒球队的教练没有了，大学里学富五车的教授没有了，医院里经验丰富的主治大夫没有了……学者、评论家、音乐家、雕刻家、陶艺家、书法家、舞台表演艺术家，几乎是大量被淘汰出局，还有那些身怀绝技的木匠、瓦匠、铁匠、刀匠、花匠……他们的经验、他们的手艺都将和他们一起退出江湖。

在庆贺千禧年的话题沸沸扬扬的那一阵子，欧洲有一家咨询机构通过网络向社会问卷采访，题目是"两千年间人类最大的发明是什么？"被采访者以专业学者和知识分子为主，有的态度是较真儿，有的态度是挖苦，有的态度是幽上一默，当然答案五花八门，不一而足。

"凯德·贝尔的印刷机""电脑""电灯和阿斯匹林""手术用的麻醉剂"……诸如此类的回答比较诚实。有人把马匹的家畜化也认作是一项发明，还说发明了家畜食料的冬季保存法——"干草"，对欧洲大陆有巨大贡献。——这样的回答也算言之有理吧。在问卷中有人把"橡皮"也写了进去，理由是：用它可以帮助我们修改和订正错误。"橡皮"的相关链接是"涂改液""电脑键盘上的删除键delete""美利坚合众国宪法修正条款"等等。在密密麻麻的发明项目里,唯一能够让我产生共鸣的是:"老花镜"——回答者做了以下解释:

"我认为最重要的发明是老花镜。因为它的出现和普及,使人们在阅读和工作上获得极大的便利,人的活动期间几乎延伸了二倍。同时,有效阻止并改变了这个世界一面倒由未满四十岁的人来支配的局面。"

回答者是一位英国人,他的理由带着大不列颠式的辛辣和黑色幽默,令我忍俊不禁、心悦诚服。

是的,对于老花镜也只有到了不得不使用它的年龄才明白它的意义,我向老花镜致敬,因为它使无数老年人仍然充满自信地活跃着。比如古巴籍舞蹈家艾莉莎·阿兰斯,七十二岁了,依然身姿轻盈地跳着芭蕾舞;比如可可·香奈儿,在第二次世界大战之后的废墟中重新开始她的梦想,如今誉满全球的香奈儿品牌竟然是从一位七十一岁老人手里开始的。

我既没有艾莉莎·阿兰斯的天赋,也没有可可·香奈儿的聪慧。对我来说,只要有了老花镜就差不多和"未满四十岁"的人一样可以把我的本职工作继续下去,因此活得充实一点。街上一天天地增加那些二战之后出生的"新老人":穿着牛仔短裤和耐克运动鞋的老男人，烫着蓬松发型、喷着刺鼻香水的老女人。他们在匆忙草率中一路老下来，而且，老得不易察觉。

我，也正在成为他们中的一个。

但是义雄可不是那种追求"老来俏"的人，几十年来穿得最多的是当工作装用的几套西服，除此之外是打高尔夫球时穿的运动衫。钢铁和机械是这个国家的基础产业，可能是置身其中吧，义雄也认为自己的工作责任重大，工作的意义就是义雄人生的意义。义雄不重视工作之外的自己的形象，也不重视我的形象，有时刻意涂了口红被他看见，还会遭到白眼，或者无言的讥讽。我不知道义雄怎么考虑自己所剩不多的人生，也许他从来就没有考虑过吧。所剩不多的人生不能在手表上显示出来，或者用闹钟的铃声提示他。他的生活依然是过了今天还有明天，计划表上总是排得满满的。仿佛义雄一直生活在今天和明天之间。

我对义雄已经不太了解了。刚结婚的时候的确认为义雄是一辈子属于自己的东西，我要了解他、拥有他，生怕他被别人抢走。不知从什么时候开始，身边这个朝夕相处的男人的形象竟然一点点模糊了，暗淡了，变得陌生了。

秋天刚开始的时候，有一天，义雄突然说要去一趟东北，去洗温泉。

那是他发觉后背刺痒半个月之后的事儿。

"为什么去东北？那么远的地方。"

我很认真地问他。

"我从电视上了解到那儿有一处神秘的温泉，现在赶巧又是欣赏红叶的季节，我手头的工作也刚好告一段落，正想放松放松。"

说这话时正是要吃晚饭的时候，义雄两只手握着玻璃酒杯看着我的脸。他知道九月份赶上我们大学放暑假，我的时间很自由。

义雄握着的杯子是喝威士忌酒用的，细脚、粗腰、杯沿儿微收。这些年他喝酒的杯子越用越大，酒量也越来越大，我怀疑他有轻度的酒精中毒。喝酒的人都是在不知不觉中对酒产生了依赖。

"知道我有假期就打算引诱我吗？"

"难道你不是和我最亲密的人吗？邀请你难道有什么不妥吗？"

两个人的口气都有点生硬，虽然是好话，可听起来像夫妻吵架。

"受到您的邀请，当然不是什么坏事，我只是觉得有点意外啦。"

我解释了一句，缓和了一下气氛。

老夫老妻的，结伴去温泉旅行，的确很难得，何况还是去那么远的地方。单是洗温泉的话，方圆几十里之内，有名的温泉旅馆也多了去了。尽管离家那么近，和义雄一块去的次数却并不多。以前有过几回去海外旅行的机会，都是和朋友一起去的。有几次想和义雄一起去，但是都被义雄推脱了，原因只有一条：工作忙，抽不开身。这样一个工作狂，今天居然主动邀请我去遥远的东北地区，去享受温泉旅行。

义雄把东北地区的地图还有各种温泉的宣传册子什么的摆在桌子上，认真地斟酌着。

"宫城、秋田、岩手一路迂回过来，是一个不错的方案吧。"

地图上已经画出了几条红线，有些地方还做了标记。看来他在此之前已经仔细研究过了。我看着他的脸，他的目光透过一副黑框的老花镜在地图上扫来扫去，神情专注。我弄不明白，他为什么突发奇想要到那么远的东北去。

商谈的结果是，首先从福冈空港坐飞机飞到羽田，然后从东京乘特急电车一路往北走，一边北上一边下榻既定的温泉旅馆。利用的交通工具是飞机、电车和巴士。

"父亲大人也已经不在啦。"

从义雄嘴里无意中说出来刚才的一句话，意思是，这次旅行家里没有什么放心不下的事了。公公是去年春天病逝的，八月的盂兰盆节，我陪着他到山口县的乡下，专程去扫墓了。

"母亲大人呢，身体还硬朗着，一时半会儿的，估计不会有什么意外。现在正是外游的好时机呀。"

义雄抽着烟，目光漫不经心地移向窗外。

窗外，是不知不觉间洒满城市各个角落的万家灯火。

那天晚上，我给大学被服系的同事，也是我的好友稻叶梨江打了一个电话。

"什么？去东北？温泉旅行？好像不妙呀。"电话的对面传来梨江的笑声，她半开玩笑地说道：

"无论怎么说，这次老夫老妻的旅行，应该算一个非常事件，不能掉以轻心呀。说不定旅行回来之后，他就该向你提出离婚了。眼下熟年离婚的事，正是你们这个年龄层的时髦呢。"

九月下旬的东北，已经是真正的秋天了。

如同我预料的那样，从一开始义雄就像一个修学旅行的领队老师。该带的东西都带上了吗？不该忘的东西没忘吧？唠叨个没完没了。在宫城县深山里的一个小站下车的时候，我的车票找不到了，因为这个由头，义雄提高了嗓门冲我大嚷大叫起来。

"三番五次叮嘱你，还是丢了！你可真是老糊涂了！放哪儿啦，再好好找一找呀。上衣口袋里有吗？腰包里有吗？裤子的兜里有吗？把背包也翻出来找找！"

在山间幽静的小站，他的声音夸张得刺耳。我一言不发去了卖票口，补了一张票，价格是二百二十日元，还不如一包烟钱，想想，犯得着嘛！当天，下榻的山间温泉旅馆里，我们俩差不多一句话也没说，在同一个桌子上吃了唯一一次无言的晚餐，谁都不愿意主动给对方道歉。

我躺在卧室里回想了一下，总觉得他哪儿不对劲儿。真不知道怎么突然之间，他变成了一个爱唠叨的人。要说是喝起酒来，人会变得贫嘴多舌，可是他大白天里并没有喝酒呀。

睡不着觉，我开了一瓶冷酒，一边喝一边抽烟。他也睡不着，也开了一瓶冷酒，点上烟，一边抽烟一边喝酒。我左手夹烟右手端酒杯，他也是左手夹烟右手端酒杯。我们抽的烟一直是软包七星的特型烟，他一天抽两包，我一天抽两包半。有抽烟习惯的人都知道，想抽烟的时候要是手头断了烟，心里头那个火急火燎的。家里一直都储备着以防万一的烟，储备减少了，两个人都很自觉地买回来补充，这么多年，从来没在烟上发生过争执。

也许是烟和酒烘托出来的和谐气氛吧，义雄低垂着头，有点反省的意思。

第二天早上，离开旅馆，坐上巴士又回到昨天发生口角的电车小站。这次轮到义雄难堪了。就在即将检票的时候义雄才发现，在东京的旅行社里预定的两张发往仙台方面的特急券不见了，其中一张是我的。义雄慌慌张张浑身上下摸了遍，又打开旅行包翻了个底朝天，结果还是没有找到。昨天，又是电车又是地铁又是巴士，放车票的信封拿来拿去，一不留神就丢了，也说不定呢。

"我说过吧，去仙台随时都可以买票，你不听，偏要预定特急……"我说，"你自己去旅行好了，我要回家了。"说完，大步流星地向车站售票口走去。

"等一下，请等一下。"义雄从后边追过来。

售票口里边还是昨天那个售票员，一个五十岁出头的小个子男人。刚才的一幕又被他看见了，他心里一定会想：这对夫妻从哪儿来的？他们的表现跟他们的年龄可不相称啊。

吵归吵，走了一半路程的旅行还要按计划进行。

继续北上。下一个目的地是一家藏在一处大峡谷里的温泉疗养院。刚住下就去泡了澡，一直休息到吃晚饭。夜里，义雄说要带我去洗露天温泉，我以为不会太远，只穿了一件旅馆里提供的和服单衣就跟着他出去了。

拿着手电筒一边照路，一边辨认指示牌的方向，终于走到一块巨大的石崖下，然后我们沿着石崖下的小路斜斜地向上攀登。不知不觉已经走到一面山坡上了，远处旅馆里隐隐约约的灯光像鬼火一样闪烁着。翻过山坡就听见了流水的声音，像刮过来一阵阵凉风一样。哗啦哗啦的流水声在耳边响起来，循着流水的声音找过去，不知下了多少个石头台阶，眼前漆黑的夜色里展开一片薄明的亮色，像一只银色的盘子。义雄拉着我的手，说那就是露天温泉的水面。

石头台阶的尽头，连着露天温泉，温泉边一块木板上赫然写着"龙神之汤"。温泉在峡谷里的半山坡上，被几块巨大的岩石裹着，看起来，像一口深井，向上看只能看见一小片夜空。真没想到露天温泉会选在这个地方。周围没有灯光，也没有来泡温泉的客人，除了流水声之外一片死寂。我紧握着义雄的手，因为说不出来的恐惧而浑身缩成一团。

义雄开始脱衣服，把衣服卷好放在一块岩石上，然后迫不及待踏进银盘子里。

"喂，快点下来呀。"

"不，我害怕。"

"混蛋，好不容易来一趟，体验一下嘛。"

"不，绝对不下去。我要回去啦。"

说是回去，自己一个人哪儿敢呐。我双手抱着肩，坐在一块石阶上可怜兮兮地等着他。

　　隐现在黑暗里的温泉，仔细看上去，就像酱油一样呈现黑色，而且深不见底。义雄赤裸的身体像雪一样白，隐隐泛出青色的光泽。雪白的肉身在深不见底的黑色液体里忽隐忽现，仿佛在恶魔的嘴里挣扎着，不由得让我提心吊胆，我扑到温泉边上，一把抓住他的肩膀。

　　"上来，快上来，求求你啦。"

　　"混蛋，不是说好来泡露天温泉的吗？"

　　我不回答，死抓着义雄的胳膊不松手。虽然没有尽兴，义雄还是无奈地服从了我。他踉踉跄跄地爬上来，穿上了衣服。

　　我很生义雄的气，那么恐怖的深渊一样的地方，他竟然不感到害怕。没有恐惧心也意味着缺少回避危险的能力。传说"龙神之汤"里有巨龙潜伏着，在风雨交加之夜会腾空而飞。我不相信从那儿会有龙飞出来，但是我相信人会被躲在渊底的龙一口吞噬掉。真不知道是我过于胆小，还是义雄过于迟钝。

　　在为期七天的旅行里，前四天差不多都是在吵架，剩下的三天里多少有了点像夫妻一样的对话了。很难得的是在岩手的那一家温泉，从早到晚我们俩一句话都没吵。那是一家很有些年份的古色古香的温泉疗养地，旧馆的附近又建了新馆，风格不同却十分和谐，两馆之间用玻璃的回廊连成一体。

新馆的露天温泉建在庭院里，远处和近处的风景都十分别致。近处是精挑细选的花、草、树、岩石，有池塘、锦鲤；远处是一脉青山，如同屏风，最妙的是半山腰处流出一道清溪，堂堂活水在石崖上铺成一片银亮的瀑布。正是初秋的季节，漫山都是红叶，红得豪情万丈。义雄从温泉里出来，一脸心满意足的神采。

晚饭是烧烤鹿肉加香菇火锅。鹿肉是本地的养鹿场专供，香菇则是旅馆里的工作人员从山上采的，吃起来新鲜可口。我和义雄各要了一壶烧酒，因为心情很好，我们互相倒酒，让外人看起来相敬如宾。

晚饭之后，义雄建议去旧馆那边的露天温泉里泡上一会儿打发打发时间。我们穿着浴衣沿着玻璃的回廊走过去。旧馆看起来比新馆低矮一些，内部的结构保留了以前的集体宿舍的样式。回廊的尽头有一群男女围坐成一圈，说说笑笑的，好像还有一两个外国人模样的人混杂在里边，也许是一群来修学旅行的大学生吧。

旧馆的露天温泉建在一面高坡上，有一道花岗岩石板的台阶通往那里。台阶两侧是红叶树，一到天黑，树下的电灯一起打开，明亮的光束把红叶烘托得比白天看起来还要迷人。

进了更衣室我才发现，旧馆的温泉是男女混浴的。这里没有女性专用的更衣室，义雄毫无顾忌地脱光了衣服，往一个空竹篮子里一扔，然后对我招一招手说："别磨蹭了。"

我还是犹豫不决，提起浴衣的裙边，想先上里边确认一下。被大小不一形状各异的石头围起来的浴池里氤氲着温暖的蒸气，一团昏蒙蒙的雾水。我看见一块男人的酱红色的后背，半截浸在水里，半截露在外边。那男人的肩上斜搭一条毛巾，他正用这条毛巾擦洗着背部。背部的肌肉在毛巾的搓揉运动中紧绷着，结实而饱满，一看就知道那是一副长期从事体力劳动的、四十来岁的男人的背部。

"没什么，下来吧。"

雾气里传来义雄的声音。同时，我也听到了有女客的说话声，从声音上可以断定是些老年人。

下去还是不下去呢？正考虑着。那个用毛巾洗后背的男人这个时候侧过脸来对我说：

"夫人，还是下来吧。"

他看着我的脸，笑了起来。

"男的也罢，女的也罢，脱光了衣服大家都一样啦。"

那个男人说完就嘿嘿嘿地狂笑起来，他的笑声像能传染一样，引起了躲在雾气里另外几个人的笑声。

我的身子向后仰了一下，仿佛被谁当胸推了一把，差点摔倒。

我搁下义雄，独自一人返回新馆，没有等义雄就先睡了。好大一阵工夫义雄才回来，他笑嘻嘻地挤进我的被窝里，我知道自己从混浴的池子里逃回来，某种程度上使义雄有了一种做男人的优越感。我赌气自言自语道："有什么了不起的，我非得洗一次男女混浴的温泉给你看看，现在就去。"

义雄打了个哈欠，说：

"现在那儿连个人影也没有了。"

旅行的最后一站，是位于栗驹山附近的高原温泉。

旅馆里接站的巴士迟迟没有来，义雄就在山脚下的小镇上租了一辆车，自己开着上山了。这一次义雄的方向感十分正确，车子很顺利地沿着山道向旅馆进发。高原上的风大，头发都被吹乱了。那家旅馆的建筑只有一栋不大的小楼，银白色，在空旷的高原上显得孤零零的。旅馆的后边是地火喷出的熔岩形成的熔岩山，仿佛是一股随时都会熔化流动的熔岩。白色的烟雾从岩石的缝隙里喷出来，裹着一股刺鼻的硫黄的气味。路边有一块道标，写着"前方通向火山口"。

从山顶下望，山脚仿佛沉在深深的云海里，了无踪影。人们来这里，就像来到了传说中的鬼岛。

我们决定在晚饭之前去洗一次温泉。这家旅馆的温泉多次在电视上出现过，口碑好极了。把行李放进房间，简单收拾了一下，我们就出去了。穿过灌满了秋凉的庭院，踏着一条铺着白色碎石子的小路，我们向露天温泉走去，小路两侧的水槽里，泛着水蒸气的乳白色的泉水静静地流着。在浴池入口处和义雄分开，他去男池我去女池。正是黄昏时分，客人很少，安然闲寂。拉开一扇竹门，眼前是一片像游泳池一样宽敞的露天泉池，溢满池沿的泉水如同一池浓浓的牛奶。

池子里只有一个年轻的女孩，女孩在仰泳，身子平平地浮在池面上，偶尔动一动手臂，哗啦一声，池面上搅起一片波纹，她的一对小巧可爱的乳房时隐时现。池子的四周，围着锯齿状的熔岩，黑色的岩石、白色的泉水。在苍莽的高原之上有这一片辽阔的泉池，实在是不可思议。把身子浸泡在这样的温泉里，就像浸泡在一场白日梦里一样。坐在池子里，四周的群山悠然可见，但是群山皆在低处。

从温泉上来，回到自己的房间，换了一套休闲的衣服。

早早吃过晚饭后，我和义雄一起去散步。义雄没忘记把他的数码照相机挂在肩膀上。旅馆的后边有一片专供游客散步的小公园，公园的一侧还有一块写着"游步道"三个字的指示牌，指示牌下边画了一条弯弯曲曲的小路，小路的尽头便是火山口。

我们沿着那条"游步道"拾级而上，遇到几个从对面过来的人，穿着印有旅馆名称的浴衣，问一问他们，说到火山口大约有二十分钟的路程。

道路两旁的灌木丛渐次减少，取而代之的是大块熔岩，奇形怪状，岩石仿佛也有表情，显得狰狞可怕。隐隐约约的轰鸣声从脚底下传来，让人不由得把心悬起来，生怕踩着一匹怪兽的尾巴，把怪兽激怒了。伴着轰鸣声，硫黄的烟雾从岩石的缝隙间喷了出来。我看见一块白底红字警告牌，上面写着"小心火山瓦斯"。

把目光投向远处，那里，有布满熔岩、碎石子和沙子的河原地带是一片开阔而舒缓的丘陵，丘陵上寸草不生。河原的中心，隆起一座小山，硫黄的烟雾就是从那里喷出来，轰鸣声也是从那里传出来的吧，一直传到我们脚底下。硫黄飘出的白烟被高原上的劲风吹着。风像一把凌厉的剪刀，把白烟剪成零零碎碎的布条，四下里飘散。

因为害怕，因为冷，不停地哆嗦，我有一种随时想逃走的冲动。这样的气氛比那天在黑暗中寻找"龙神之汤"露天温泉时还要令人紧张不安。在这样的大荒原上，很容易让人迷失方向，想逃也逃不出去。为什么这次旅行义雄专拣瘆人的地方去呢，想想真是令人生气。

一条粗大的缆绳横在眼前，被缆绳隔开的是一片河滩，看看标识牌，地名叫作"地狱河滩"，但是没有河，只有滩，铺满了碎石，脚踩在碎石上，发出奇怪的嘎吱嘎吱的响声。河滩里没有水却能倒映出天上的云影，天上的流云使河滩清晰地分出明与暗的层次。走入"地狱河滩"的义雄转过身来，等我。

"……"

他一只手拿着相机，另一支手比画了一下，好像说了句什么话。

"你说什么？"

从前几天开始，他的声音开始变得粗糙沙哑了，他的声音一向是洪亮的，很有男人气质。也许是感冒吧，抑或是旅途过于疲劳？——我也没有太在意。

"我让你站在那儿，别动！"

他的声音像吼出来一样，听起来很暴戾。我很听话地站好，对着他的相机镜头。义雄咔嚓咔嚓按动快门，给我拍了一组愁眉苦脸的照片。我接过相机，也给他拍了几张强颜欢笑的照片，背景都是"地狱河滩"。

"那么，我们就返回吧。"我说。

夕阳余晖照在远处一块白色的山崖上，山崖的上边有一小截是灰色的，像戴了一顶帽子似的。

我们现在回去的话，在天没有完全黑下来之前就能赶到旅馆。可是义雄不听我的建议，还要往前走。

"既然已经来了，要玩就玩个痛快。"

义雄的嗓子好像被自己的唾沫呛住了，声音不像是从口腔里发出，而是从气管里喷出来的。他说，想亲眼看一看那个火山口。

"那样的话，不等回来太阳就落山啦。"

"走快点，还来得及。"

义雄一意孤行。走过"地狱河滩"，前边就是"冥途川"了，一条干涸的河床，阴森森地横陈在旷野里，状如一条蟒蛇。"冥途川"的一侧也围着缆绳，要是迷了路，顺着缆绳也许可以一路找回来。

火山口尚在白色山崖的另一面，打在山崖上的阳光，只剩浅浅的一抹橘黄，等绕过山崖天就会暗下来。

"真的不回去吗？"

他还在往前走着。他怎么变得那么倔强了呢？！这算什么温泉之旅呢，简直是地狱之旅！我站在缆绳边恨恨地想着。太阳一落山，气温骤然下降，这里早就看不见其他游人的影子了，只有我们两个人——不是年轻恋人而是老年夫妇。

"好吧，我一个人回去啦。"

我不是赌气，是真的一刻也不想在这样的鬼地方待下去。我转回身"嘎吱嘎吱"踩着碎石，毅然迈开步子。

义雄朝我追过来，我的背后传来他愤懑的叫嚣声。

"你就那么胆小吗？和老公在一起呢，你怕什么呀。"

虽然有老公在，该害怕的时候也会害怕。就算换成另外一个人，也是害怕。人终究是脆弱的，有时候甚至不堪一击。在灾难面前，人就像狂风暴雨里的一只用触角逃生的蚂蚁。

也许和老公在一起，和至亲的人在一起，有时候更能体验到什么叫害怕。女人是敏感动物，当危险发生或者将要发生时，女人的反应远远比男人强烈。当然，对幸福的感觉也是女人占上风。

"喂，等一等，我说啦，让你等一等。"

义雄追了上来，一把抓住了我的胳膊。

在这个冬季，我大学同事的丈夫，因为心脏病发作倒下了。

是的，到了这个年龄的人，身边频频有这样的事情发生，说不定哪一天就会轮到自己身上。这样的话已经不止一次地听到了。

　　稻叶梨江是我们被服系最聪明的教员，她给过我很多帮助。和只会纸上谈兵的我不同，梨江的裁剪缝纫手艺一流，无论多么难的设计图纸，她都能照样做出令人满意的作品来。梨江的穿着打扮从来都是可身可体的，加上勤于体育运动并讲究饮食，如果不是自暴年龄，谁也看不出她是五十过半的人。

　　"你见过活生生的心脏吗？"

　　有一天，在教员休息室梨江问我。

　　"活生生？"

　　"对，扑腾扑腾，跳动着的活生生的心脏。"

　　那样的东西，如果不是在医院的手术室里，谁会有机会见呢！

　　"我们家的那一位，口口声声说他见了。"

　　"在哪儿？"

　　"天神地下商业街的台阶上。"

　　"谁的？"

　　"他自己的。"梨江冷冷地说。

　　我拉开椅子站起来，从靠窗的柜子里取出两包自备的速溶咖啡，我感觉到梨江心里憋着什么话，喝上一杯咖啡也许会让她说个痛快。

　　梨江的丈夫在天神区的福冈县厅里上班。下班回家的路上，他倒在了地下街出口处。幸亏是心肌梗死初期状态，加上抢救及时，只住了一个星期的院就康复了。听说没动手术，只是用了导管治疗法。

"亏了这场病，他终于决定戒烟了。已经坚持了二十天啦。"

说这句话的时候，梨江还瞥了一眼我桌上的烟灰缸，烟灰缸已经插满了烟蒂。

可是，那位稻叶先生是怎么看见自己的心脏的呢？

"走着走着，觉得心脏猛一疼，然后越来越疼，越来越疼，疼痛蔓延到整个胸部，说是疼得额头渗出冷汗来啦。"

数日之前稻叶先生就说自己胸口发闷、恶心，吃了药也不见效，后来想想那肯定是发病的先兆。胸口疼的毛病很早就有，疼过一阵自然就好了。可是这一次就不一样，体内发生了变异，稻叶先生觉得自己真的是大难临头了。

"说是打算先坐地铁坚持到家，坚持不了啦，才决定拦一辆的士直接去医院。于是从地下街走上来，刚走到台阶上就……"

"是这样的啊……"

"那个时候，他右手拎着工作包，左手空着。空着的左手不由自主地端在胸前，端着一个对自己来说比什么都重要、比什么都珍贵的东西，一边端着一边踉踉跄跄地走。"

梨江盯着我的脸。我把泡好的咖啡送到她手里。她所说的应该算是心脏病突然发作时产生的幻觉吧，一种莫名其妙的幻视。

"那么他端着的心脏是什么样子呢？"

我不知道人在那种情况下究竟能产生什么样的幻觉。

"鲜红鲜红的、暄腾腾的一个肉块，大小正好能抓在手里。而且，一抖一抖的，像打嗝儿一样。一般来说，心脏分成两个心室和两个心房吧，就好比四个包裹在一起的小袋子，血液从四个小袋子里按顺序流进流出，很有节奏感地流动。心脏也好像呼吸一样，每两拍吸一口气，每两拍呼一口气。稻叶分明端着一个会呼吸的心脏。"

在那短短的一瞬间，稻叶先生可能大吃一惊：啊，这是我的心脏呀，千万不能掉在地上，无论如何也要把它拿到医院里去。因为有这样一个顽强的信念吧，稻叶一步一步迈着台阶从地下街走上来，满头大汗。那一天正是圣诞节的前夜，大街上到处流淌着《铃儿响叮当》的欢快音乐。

站在马路边稻叶想拦住一辆的士，他把左手扬起来向一辆的士挥了一下，就在那个时候手里的心脏变戏法一样倏忽之间不见了。稻叶顿时感到眼前一黑，挺着的身躯软了下来，他缓缓地歪倒在人行道上。据目击者说他的确是缓缓地歪倒在地上的。如果是栽倒或者仰倒在地，说不定会摔成脑震荡呢。

两个人喝着咖啡，静静的午后的时光。

"而且呀……"

梨江继续说着。事后想想，梨江还发现在稻叶倒下的前几天，他的走路姿势变得怪怪的。

"怎么个怪怪的？"

"身体向左倾斜，好像左边的肩上挂着包似的，手时不时放在胸前，手掌向上。"

梨江站起来，模仿她丈夫的样子给我看。虽然和梨江是好友，但是我一次也没见过她的丈夫，从梨江的叙述中我能够想象出那个人用厚大的手掌托着自己的心脏的样子，一颗疼痛的、痉挛的、患了病的心脏。

那是他的宝贝，他的命。

他想过一定要守住自己的宝贝，自己的命。

这个世上不可思议的事情太多了。两个人都叹了口气。

"告诉我这件事的时候，他已经出院了，他轻描淡写地说出来，就好像是在说别人的事儿一样，真是好了伤疤忘了疼……"

梨江情绪良好，她继续说着。

据说心脏的大小和一个成年人的拳头差不多，重约三百克。每个人只有一个心脏，一刻不停地在人体的胸部律动。托它的福，我们活着，只要还有心跳，法医就不能贸然把一个人说成尸体。三百克的重量，相当于一块红薯吧，或者一盒木棉豆腐、一袋小岩井的冰激凌。如此这般的一颗心脏，拿在手里不大不小，正合适呢。这一颗可爱的鲜红的肉块，如果真的能放在手心里端详，人会产生什么奇妙的联想呢？手掌里的心脏，就是莲花瓣里端坐的佛。

义雄的身体发生变化是今年春天的事。

四月初的一天傍晚，下班回来，他的嗓子沙哑得几乎发不出声音来。早上上班的时候还好好的，在公司吃过午饭不久，喉咙里好像被什么东西塞住似的，声音只能勉强用力挤出来。

"……"

我把耳朵凑到他嘴边也听不清他说什么。他的脖子好像被一只看不见的手掐着，发出来的只是声音而不是语言，让人无法理解。我拿出圆珠笔和记事本，放到他手里。他写道：

"可能是花粉症吧。"

"也许是扁桃体炎。"

我也用笔写字回答他。

总之，春天是嗓子容易受伤的季节。

第二天，义雄没有去上班。和平时上班一样，他用车把我捎到JR的电车站，放下我之后，去了车站附近的一家耳鼻喉科医院看医生。检查完之后，那里的医生给义雄开了一封介绍信，建议他去位于市内M综合医院的内科详细检查一下。

次日，是我所在的大学的创校纪念日，放假一天。义雄让我陪他一起去M综合医院的内科，在那里义雄做了各种检查，一张胸部的X光片上出现了一块意想不到的东西。

X片是黑白的，黑色的背景下，呈现出了人体的胸腔，弓状的胸骨和肋骨秩序井然地排列着，心脏、肺、胃是透明的，像海蜇的影子。人体的内部原来是这样的呀，骨头呀器官呀血管什么的，由白到灰，用美术里的浓淡法表现出来。

医生向义雄解释他的X光片。在脖子的下方，锁骨的中央稍下的喉管处，有一抹圆形的影子，白色的，状如一块玉佩，又像是吞进去了一只高尔夫球，卡在那儿，但是它比高尔夫球还大，直径有五六厘米。连我这样的外行也明白，就是这块异物压住了食道和气管，影响了声带发声。

"就是它啦。"

医生的眼睛死死地盯住那儿。如果是癌的话，部位有点偏下。那么是食道癌吗？门外汉的我胡乱猜测着，心里冒出一股寒气。沉默了片刻，医生说：

"去心脏外科吧。"

那一块白色的影子的旁边，可不就是心脏吗。

"这是什么东西的影子呢？"

医生没有直截了当地回答，摇了摇头说自己不是这一方面的专家，不敢妄下结论。他先让我们在走廊的长椅上坐着等一会儿，然后用电话帮我们联系了一家心脏外科的专门医院。那家医院在邻近的另一个城市，据说其心脏外科在九州地区很有名。去年年末，梨江的丈夫突发心肌梗死，就是被救护车送到那儿的。

回到家，把医生开的介绍信往桌子上一放，两个人坐在榻榻米上发呆。

心脏外科门诊？……梨江的丈夫的手掌上抖动的心脏，在我脑际浮现了出来。于是自己试着安慰自己，没事！被救护车送进去的梨江的先生不是已经生还了吗，自己的丈夫还没有像他那样突然倒下，自己的丈夫明天还能开着车去医院。没事的！

"明天学校也休息吗？"

他用笔写在记事本上，问我。

"是的，休息。"

我在记事本上写给他看。

他从口袋里取出一包七星烟，点上火抽起来。从去医院到现在，他居然忍了那么久没抽一支烟。我也从烟盒里抽出一支，义雄把火机打开给我点上，意思好像是：今天让你陪着，辛苦啦。嘴里干燥，觉得烟劲儿不大，尼古丁的标量是零点三毫克，今晚这一包烟大概不够我们的开销。两人抽着烟，目光都盯在桌上的那封介绍信上，信的封口被两面胶粘着。我拿起信封对着电灯照照，但是什么也看不见，我想知道医生在介绍信上写了些什么。

"……"

义雄的嘴唇动了一下，好像说，别着急。

K综合医院心脏外科的门诊处，走廊下的长椅上坐满了人，义雄手里拿着一枚排了顺序的号码，等着呼叫。来到这儿，心里不像昨天那么沮丧了，原来这个世界上心脏出了毛病的患者大有人在。来这里排号之前，义雄在旁边的房间里先做了一个CT断层摄影。

诊察室的门上挂着一截白色的帘子，被呼叫的病人逐一走进去，先是病人自己进去，然后才是随行的家属被叫进去。随行的家属有的是一个人，有的是一大帮人，也许是需要做手术的患者吧，随行的人越多，越显示了患病的严重程度吧。

有时候那幅白色的门帘会突然掀开，从里边慌慌张张跑出一个穿白大褂的男人，男人一离开，呼叫就中断了。

"救护车来了，拉来的都是急不可待的患者，不能埋怨什么先来后到。"

坐在旁边的一位患者，自言自语地说。

过了一会儿，来了一个替换的医生，掀开门帘进去了，于是呼叫又重新开始了。刚有二三个人被喊进去，门帘一掀，替换上来的医生又慌慌张张跑出来，在走廊的那一端消失了。

"紧急手术一个接一个呀。"

"心脏外科的门诊加塞的真多呀。"

但是，对那些不得不"加塞"的患者，大家是可以原谅的。我又想起了那一颗端在手掌上的心脏。每天都有不知多少颗那样奄奄一息的心脏，被救护车运到这里来。义雄坐在椅子上一直沉默着，就是想说点什么也发不出声音来，以此刻他的心情，大概是连话都不想说了。

我们早上到了医院，中午在医院的内部餐厅里吃了午饭，半个下午又过去了，义雄的号儿还没有排到。

混杂拥挤的门诊前厅，像黄昏退潮一样，各色人等渐渐退去。走廊的长椅上坐着排号的人也稀稀拉拉的了。这时候我才注意到在门诊的接待室里一直坐着几个穿黑色西装的男人，每人都有一个公文包，也许是衣服颜色的原因，他们坐在那儿看起来像白色墙壁上的一片黑色斑点。他们一直在等门诊的医生吧，这些人大概是制药厂或者医疗器械公司的推销员。

"鹿丸先生？鹿丸义雄先生？"

从门帘里边传来女护士带职业色彩的柔和的声音。义雄和我同时从长椅上站起身来。被喊的的确是义雄，义雄一个人进去了。护士从门帘里露出半个脸，说："家属可以一起进来，因为时间已经不早了。"

一个三十来岁的瘦长脸的男医生坐在桌子对面，他的旁边挂着义雄的CT影像胶片。医生是替换来的医生，因为桌子上的值班医生的值日牌和医生白大褂上的胸牌不一样，他的胸牌上写着"心脏外科·别府俊郎"。

义雄恭恭敬敬地坐在桌前的椅子上，那个叫别府俊郎的医生并没有转过脸来，他的目光依然对着CT的影像。这个年轻的医生，能行吗？忽然有些担心，我看着他放在桌子上的一只手，白白的，细细的，中指很长，上面长着一撮浓浓的汗毛，而且手上隐隐有一股消毒液和橡胶手套的气味。这只手在桌子上重重地拍了一下，我听到一句清晰的判断：

"典型的大动脉瘤。"

医生在桌子的对面十分自信地告诉我们病状。X光片拍下的圆形的影子，在CT的影像上呈现出几列纵横交错的断层画像，样子很难看，像一朵正在繁殖的黑色霉菌。

医生的解释明白易懂，因为动脉硬化，血管壁变得脆弱了，从心脏里喷出的血液压迫血管，积成了一块瘤子，瘤子越长越大。

医生从身后的柜子里取出了一个心脏模型，然后把脸转向我们。他把心脏模型放在自己胸前，说：

"心脏在人体的这个位置。"

右心房、右心室、左心房、左心室四个零件组合成心脏，医生像玩魔方一样转动着心脏模型，动脉血流过的左心房和左心室，被涂成红色，静脉血流过的右心房右心室，被涂成青色，心脏上延伸出来像皮管子一样的大动脉和大静脉。

"瘤子的直径超过五厘米，就有破裂的危险。从影像上看，你身上的瘤子的直径大概有六厘米。"

医生用心脏模型告诉我们，义雄的动脉瘤的位置在心脏向背后伸展的一个急拐弯处，血液从那里分开，流向下半身、脑和左右手。更要紧的是，瘤子的根部很可能和心脏的动力源——冠状动脉连在一起。

"这里被称为'弓状大动脉',全身的血液都流经这里。这里是血液最重要的交通枢纽。万一瘤子破裂,导致的后果不用说你们也会明白吧。"

医生把心脏模型放在桌子上,他的目光在义雄和我的脸上扫来扫去。

"动脉瘤只有外科治疗方法,而且越早越好。希望赶快下决心,怎么样?做手术吧?"

作为医生,该说的都说了,好像篮球比赛中队友把球传过来,球正拿在义雄手里。我看着义雄,他的喉咙里咕咕地鼓动了一下,他是想说什么吗?还是因为紧张深呼了几口气。医生踌躇了一下,继续说道:

"把长出瘤子的部分切除以后,可以替换上人造血管,但是人造血管可能会影响流向头部或腿部方向血液的畅通,从而造成脑障碍或下半身瘫痪,希望对这种情况有一个心理准备。你们也应该知道,心脏外科手术是最有难度的手术,尽管如此我还是建议你们要做这个切除手术,如果不做,意味着百分之百的死亡——只要一破裂,一切都来不及了。"

医生把该说明的话都说完,就不再说什么了。义雄和我都沉默着,不知是困惑还是茫然,诊察室里很安静,墙壁雪白,灯光明亮。按常理,听了医生的说明,我们的反应应该是更激烈一些，惊讶、恐惧、歇斯底里什么的，可是，没有！义雄和我都沉默着，也许是结果太突然了，来不及做出什么更合适的反应吧。

百分之百！——的死？是不是意味着这个人已经没救了呢？"大夫……"

我平静了一下情绪，问道：

"我丈夫的……破裂的概率高吗？"

我代替义雄向医生打探。

"高，非常高。"

医生很确切地点了一下头。瘤子的形状有的像凸起的小丘，有的像圆圆的气球。他的瘤是圆圆的气球状的，这种形状比小丘状的还要危险。医生看着我，他的目光好像在说：我已经给你解释得十分清楚了。但是——

"什么时候破裂我不知道，也许今天，也许明天，也许一个月以后，也许一年以后……无论早晚，它一定破裂。"

年轻的心脏外科医生的特有的流畅的独白。他又进一步说明："血管壁上形成瘤子，血流速度往往就会结滞，因此性格会变得容易发怒。一发怒就会使血压增高，压迫血管壁，导致瘤子膨胀，直到破裂。"

我一下子想起来，东北的温泉旅行的途中数次和义雄发生的口角。

"从心脏里流出的血液，大约每十秒钟流经身体一周，一旦破裂，连叫救护车都来不及呀。老实说，你的每一天都是在这样的极度危险中度过的。"

医生见我们还在沉默，说话的声调变得有些急躁，拿出一副就事论事的表情说道：

"手术前要进行一次心脏检查，有必要住院三天两夜。从现在开始大概一个月之后才可能有空床，根据情况时间或许还要往后拖，这期间会有紧急患者送进来做手术，所以预约的时间多半会被打乱。在等空床的期间，因瘤子破裂一命呜呼也是不奇怪的。所以这个手术是做还是不做，要尽快下个决断，然后是预约病床，必须抓紧。"

"也就是说，也有病人拒绝做手术……"

我怯怯地问。

"一百人当中有两三个吧。"

医生冷冷地回答。

"……"

义雄的嗓子里冒出一句话，医生没有听清楚。

"什么？什么？"

我代替义雄向医生说：

"那么，手术的事就拜托您啦。"

已经无路可走了。手术是唯一的选择。

"只是，入院检查的预约容我们回家再商量商量，因为太突然啦，工作上的事情要和会社交代一下……"

无论怎么说，义雄手头上还有一大摊子事呢，他经营的设计事务所，有十五六个员工，工作上的安排也是不得不考虑的，手术的结果万一……

"工作吗？"

医生好像有想说没说出来的话："人都到这个分儿上了，还考虑工作？"

"好吧，希望尽快给我个回信。"

依然是就事论事的表情，好像还有想说没说出来的话："别以为我在逼迫你做手术，我们这里等着做手术的患者多了去了。"

"请问，这期间日常生活上有什么特别要注意的地方吗？"

"自我管理。"

一句话。

医生再没说别的，在病历上用钢笔急速地写着什么。但是怎么个自我管理呢？没听明白。

"他的血压有点高，我给他开了些降压的药。"

除此之外好像没什么了。我们站起身，向医生鞠躬道谢，医生鞠躬回礼，顺便问了一句：

"你们是怎么来医院的？"

他问的是交通工具吧。

"自己开车来的。"

"是您丈夫开车吗？"

"是的。"

"回去的时候，最好不要开车啦。"

显然，医生的意思是说，在开车的时候，万一瘤子破裂，会出现意想不到的车祸，殃及他人。

"夫人您不会开车吗？或者打辆的士回去，车先存放在医院，改天让别人开回去，也行。"

好吧，听您的。再一次致礼，离开门诊。

从走廊经过，门诊接待室里那一群拿公文包的黑色西装们，依然很有耐心地等候着。他们是来推销商品吗？来签合同吗？来这里的病人都是他们眼里的客户吧，人人都健康了，他们就破产了。无来由的这么恨恨地想了一下。

从药房里取了药出来，已是黄昏时分。夕阳很美，把医院办公大楼的一面玻璃墙缀得格外温馨。我俩低着头向停车场走，义雄的白色奔驰车也沐浴在暖色的夕阳的光里，静静地等待着我们。来的时候像平常一样顺利地来了，现在回去却多了一份一触即发的危机。走到车旁，义雄径自打开车门坐在驾驶席上，利索地发动引擎。我打开一侧的门，试探地问：

"打电话找一名代理驾驶员吧？"

自从出台严禁酒后驾驶的法律以后，日本的的士行业多了一项"代理驾驶"的服务。义雄手里握着方向盘，眼睛看着前方。

"不想打电话找人？"

"……"

少费话！——义雄的喉结鼓动了一下，好像呵斥了我一声。他的脸色发青，因为生气鼻翼两侧的肌肉不停地抖动，表情可怕。突然，从他喉咙里传出断断续续的嘶哑的声音。

"没有车……以后怎么……上班。早上……来这里……难道……不是……好好的吗……"

他的血压，一定上升了吧。

我乖乖地坐在副驾驶席上，嘭地关上了车门，系好安全带。我一点也不想激怒他。

"好吧，拜托了。我们回家吧。"

我根本无法说服这个男人。现在他的心脏不痛、不闷、不悸动，头脑清醒，四肢有力，驾驶经验不少于三十年，三十年无一次事故。

汽车穿过医院停车场，驶进街道，转眼间融进滚滚车流当中。

城市，已是华灯初上。

第二章

女人们

快要天亮的时候，做了一个梦。

不知何处的一间大大的房子。

房子外边是宽大的院子，院子里种着修剪得十分得体的树，是松树。

长长的回廊，仿佛江户时代的女佣模样的人走来走去。我是女佣当中的一个，穿着一样的粗布和服，头发盘起来，盘成简易的岛田型的发髻。

大家都进进出出地忙碌着，似乎这家宅子里正在准备接待什么重要的客人。从大房间里走出来一个穿着考究的男人，大概是这一家的主人，主人向大家吩咐说，时间不早了，大家赶快准备。于是我开始换衣服，不知谁递到我手里一件画着箭令图案花纹的和服，我抱着和服，正在找换衣服的场所。屋子里、庭院里、走廊里到处都是人，不知不觉走到了大门外。门外的环境和院里截然不同，没有树，没有草，一片荒地。天上哗啦哗啦像下雨一样落下来大大小小的石块，地下喷出来浓烟遮挡了视线，令人窒息的硫黄的气味弥漫在空气里。这场面就像在哪儿见过的地狱一样。

没有道路，只有形状各异的大大小小的岩石，我走到一块岩石的背面，心想在这里换衣服不会有人看见吧，于是放下衣服开始解身上的带子。可就算是在这样的地方换衣服，也说不定碰巧就被人看见，我一边脱衣服，一边不安地向四周张望。

突然间，我看见了义雄倒在对面的一块巨大的岩石上。他穿着湖蓝色的短袖手术服，仰面朝天，眼窝深深地凹下去，面部像骷髅一样，脖子上的喉结十分突出。我不明白义雄怎么躺在那里。

这个人差不多已经没救了。

我木然地坐着，义雄就像一具尸体一样一动不动地躺着，头顶上几缕稀薄的头发枯草一般，干瘪的身子在阳光下曝晒着。

我感到一阵激烈的心跳。无可奈何的我眼睁睁地看着丈夫奄奄一息，一点点滑向死亡的深渊。

可怜的场面是这样的：一个气若游丝的濒死的男人和一个脱得一丝不挂的女人，在荒无人烟的地方。如果此时歹徒出现了，后果不堪设想。我将难免被歹徒蹂躏一场，而杀死义雄也易如反掌。一想到这，心里愈发战战兢兢。然而可怕事情终于发生了。

山风呼啸，阳光在山岩后边拽出一条长长的诡谲的阴影。

从远处传来了脚步声，石子和沙砾在脚底下轧轧作响，像一声声狞笑。我的心紧张得像坠了一个铅球，两手下意识地护在胸前。脚步越来越近，我浑身战栗，真切地体验到了恐惧和寒冷作用在人体上的效果是相同的——让人难以自控地发抖。

　　一个男人的身影出现在我面前，戴着一顶奇怪的帽子，帽檐儿遮住了他的半个脸，遮住了他的目光。他的背上是一个鼓鼓囊囊的旅行包。男人停住脚，向下看着我，我不敢仰起脸，横在我面前的影子显示，这个男人魁伟、强健、凶悍。

　　男人的目光像一道火舌，在我身上舔来舔去。我的头发，我的脖子，我的包紧双臂的胸部，我的曲成球状的后背，我的跪着的双膝，我的大腿，我的小腿，我的脚，我的全部……

　　像电影里的特写影头一样，我身体的部位一一出现。梦里的"我"似乎不是现实中的我，"我"的脸和表情酷似一位演古装戏的女电影演员，"我"和我并不知道的电影演员合二为一。

　　突然，脚步声又响起来，那个男人调转了方向，轧轧地向一旁走去。

　　"不要……"

　　我想大声喊出来，可是发不出声音来，梦里的身体自己无法控制，只有意识是属于自己的。那句呼喊在喉咙里像燃烧了一样，我拼命地叫着"不要……"然而从嘴里喷出来的声音却是"过来呀……"

不要、不要、不要……都变成了过来呀、过来呀、过来呀……

但是，那个男人似乎并没有听见我的呼喊，我在原地挣扎着，无论如何身子连一寸也不能移动。

男人走近义雄，静静地看了一会儿义雄。义雄依然紧闭双眼，没有一点血色的脸上，因为呼吸困难透着极其痛苦的表情。过了片刻，男人转过脸来问："这是你的丈夫吗？"我的嘴里发不出声音，只用怯怯点头回答他。

"你看他快不行了，请一定设法帮助他，您不能眼睁睁地看着不管。"

我用心向那个男人哀求，对着他的背影合掌敬礼。

我感觉这好像是生平第一次这么厚颜无耻地向人哀求。

男人在那里伫立了一会儿，好像被我的哀求打动，他的影子一晃，我看见他弯下了身子。

清晨，在厨房里，我一边切着洋葱一边暗自发笑，是苦涩的笑。

"不要……"是什么意思？

"过来呀……"是什么意思？

梦里的自己，已经是别人了，是比我年轻的女孩，又或者是年轻时候的那个我。

"不要……"也罢，"过来呀……"也罢，年轻的"我"也罢，统统都没有了，应该忘掉。那个神秘的男人也不再可怕啦，哀求他把义雄的身体背到什么地方去，也统统是痴心妄想。

仅仅是浮在脸上的苦涩的笑容，一点一点地融进皮肤里。

人的联想机能真是不可思议，从案板上一颗洋葱的气味中，我找到了记忆里那个火山喷口的荒凉和寂寞感。洋葱的气味和火山喷口发出的硫黄的气味有什么隐约的联系？那么，出现在梦中的那个被帽檐儿遮住半张脸的男人的形象从哪里来的呢？

是他吗？……

那次，误入男女混浴的露天温泉，背上斜搭一条毛巾的男人。

他挥动双臂搓洗后背，古铜色的肌肉，透着结实、饱满的诱惑力。我记得他还不怀好意地给我说过一句："夫人，脱光了衣服，男人女人没什么区别。"就是他！和我梦里遭遇的男人的形象不谋而合。

我的心中，一片释然。

从医院回来以后，义雄一如既往每天照常上班。嗓子发不出声音来，他对人谎称是扁桃腺炎。也有热心人劝他别不当一回事，万一是喉癌什么的，可耽误不得。义雄听了一笑置之。他不是什么工作狂，但是几十年的工作，培养出了极强的职业道德操守，这一段时间，义雄没有因为身体而影响了事务所的工作，已经写在记事本上的预约都完成了，只是打高尔夫球之类的应酬他尽可能回避。

我也和往常一样，搭上义雄的车到顺路的JR电车站，乘上每天定时的电车赶往大学。

义雄手握方向盘，我坐在助手席，车子缓缓启动，驶出家门。我俩的一天，不，应该说周而复始的一天又开始了。我们驶进街道，一转眼汇入滚滚车流里。早上八点前后是车流的高峰期，什么车都急着往前赶，我们也毫不示弱地夹在其中。来来往往的车流里，能看到残留着睡意的年轻的面孔，能看到老练持重的中年人的面孔，也能看到刻满岁月刀痕的老年人的面孔，似乎所有的面孔都是紧绷着的、心事重重地注视着前方。人就像车一样，每一台车都不想落伍，不想陈旧，担心违章，害怕抛锚。可是我的丈夫，我的一路相依相恋的老伴，现在成了一辆出了故障的车，亟待修理。手术刀将切开他的胸，截断他的血管，换上人造的血管。让人担心的是，大修之后的这辆车还能再一次启动，驶进呼啸的车流里去吗？

道路两旁樱花已经开了，绚丽的樱花挂满枝头。好像昨天还只是花蕾呢，粉红色的小小的花蕾顶破坚硬的树皮，用积攒了一夜的力量向外膨胀、膨胀……然后，相约好了似的一起绽放。

樱花树上膨胀的花蕾是无比可爱的，然而，义雄体内膨胀的瘤子是无比可怕的。

今天早上，在JR电车站的斜马路上，一个年轻女孩的车从后边超过来，强行变更车道，抢到义雄的车前，义雄不由得踩了一个急刹车。我吓得紧闭上眼睛，感到胸部被安全带重重地勒了一下。

这一瞬间，我不知道义雄的血压骤然增高了多少，那一颗要命的瘤子一定是狠狠地被挤了一下吧。如同一只盛满水的气球，那颗瘤子在我眼前悬浮着，一漾一漾地动。

混蛋。义雄嘴里无声地骂了一句。

不要生气。保持平静。不用着急。

我反复安慰义雄的情绪，希望他知道这个世界上没有什么比他动脉上的瘤子更重要的东西了。

来到大学，径自走进自己的研究室。

我房间的旁边是大学的图书馆，去图书馆借书只有几步之遥，十分便利。这是我专门向教务处提出要求，分到的一个房间。房间的隔壁是被服系的储藏室，所以我平时取放杂物也很方便。房间里边相当安静，靠墙的地方摆着十五六个做"立体剪裁"用的塑料"人体"，没有头、没有手臂的上身，或者只有臀部和腿的下身。儿童的、成人的，瘦的、胖的、标准的，一式排开，被服系的学生们，根据这些"人体"把布料裁剪成衣服，完成他们的"作业"，让老师评判、打分。

我的工作就是论证人体与布料的关系，所谓人类的服饰文化。人体和储藏室里的塑料"人体"似是而非，现代人一开始就和衣服产生了关系，几乎是在出生的同时就被穿上了衣服，各种各样的衣服伴随着人们度过漫长的一生，直到死亡，仍然是穿着"寿衣"离开这个世界。所以说，衣服是人体最亲密的伙伴，是人体最外侧的皮肤。

今天的课是和梨江一起，在大教室做演习。

梨江修长的身材看起来楚楚动人，她在着装方面十分得体，单是外在的部分就能断定她是有修养的女性。上课时她挂在胸前的剪刀和缠在手脖上的针线包，在我看来也像她给自己的制服装饰的小零件一样。

我把设计好的女性礼服画在黑板上，梨江用纸在塑料人体"模特"上裁出样子，不一会儿纸的礼服被穿在了"模特"身上。梨江从手脖上的针线包里取出别针，从"模特"背后右半身开始插进别针，左边的部分没有别针固定位，留出可以修正的余地。梨江说：

"女人的两个乳房通常一大一小。左撇子例外，使惯右手的女人，在给孩子喂奶的时候大都是让孩子吸左边的奶头，左边的乳房要比右边的大一些。这时候应该怎么办？"

课堂上引起一片单纯的窃笑，有的女学生羞得脸都红了。

梨江停顿了一下，接着讲下去。

"这种情况很简单，量好左胸的尺寸，按这个尺寸设计左边的胸围。"

"右胸偏小，但也不能固定死了，人体是动态的，所以尺寸上不能和人体合得太紧，要留出空余。"

原来如此，右胸留出空余，正好和左胸在尺寸大小吻合。人体的胸部左右不对称，但是服装不能不对称，谁会喜欢一件裁缝偏了的礼服呢？

梨江一边用胸前的剪刀给纸型做着修正，一边说："人体模特不是真的人体，是接近完善的人体。"

人体没有那么完善。

身体长高了的现代女孩子，总体上有身长而腿短的缺陷。已婚女性都会乳房下垂，小腹突起，随着年龄增加，腰部、臀部难免有赘肉。真正拥有美丽的裸体的女人，差不多百里挑一。

服装是人体的理想、人体的奢望，服装是人体美学。

从背部到胸部，然后是胸领、肩、两侧肋部和衣襟，梨江挥动双手，灵巧地在各个部位插上别针。学生们眼睛盯住梨江的手，梨江的手指引着他们的思路。课后，他们的作业就是从设计到剪裁到成品，做出一套他们心仪的晚礼服。

从一张纸到一套礼服的格局，经过梨江的手用几十个别针，"穿"在了塑料人体"模特"的身上。

"一定要想着，这里边是有内脏的。"

梨江一只手搭在"模特"肩上，一只手指着"模特"的胸部，说：

"要记住我们设计的服装并不是穿在玩偶身上的，要想到他们是人，有血、有肉、有情感。"

服装可以把人体点缀得优雅、高贵，有风度、有尊严。然而服装包裹下的东西多么容易受到伤害啊，它是脆弱的、可怜的、无奈的。它躲在衣服底下，悄悄地改变，变老了，变丑了，生病了，不听话了。有一天当身边的谁一下子倒下了，在惊诧之余才会想到自己衣服里边的东西。

再美丽的衣服也保护不了人体，人体总有一天会完全毁灭，香消玉碎。

义雄为了避开交通高峰期的堵塞，每天提前半小时下班回家。

我每天下午放学后也不在学校多耽搁。

医院一直在催促，希望尽早定下哪个月做手术。我们还在犹豫，一拖就是半个多月了。我们先向医院提交了一个术前心脏检查的入院申请，是我代替义雄去医院申请的。那一天，别府医生还把手术的过程给我描述了一回。

把胸骨锯开，启动人工心肺系统，心脏停止跳动，才能切除弓部大动脉瘤，然后植入人造血管。手术需要的时间是五到八个小时。植入人造血管的那一段时间，心脏向大脑分出的血管会受到影响，在心脏外科手术中，这是一道还没有完全攻克的难关，死亡率超过百分之十。最新的手术方案是：让患者的体温低于摄氏二十度，在这种情况下，流向大脑的血流速度会降下来。这样一来，手术的死亡率会减至百分之五、百分之六之间。

别府医生眼里闪着亮光，他以为是在传达给患者家属一个好消息。可是这又算是一个什么好消息！十个人当中必有一个人在手术刀下丧命，抑或二十个人当中必有一个人在手术刀下丧命，总有倒霉的人在这里撞到死亡，有来无回。那个倒霉的人是谁，谁也不知道，但他一定在那些等待接受手术的人当中，摊上谁是谁，摊上谁谁就只能自认倒霉。

"那么，入院心脏检查，要等多久？"

医生摇了摇头，说：

"上次我给你说过的，不知道会让你们等多久。急救患者随时都会送进来，眼看要出院的人忽然又出现了异常，继续住院观察的患者也不少。什么时候有空床，只有患者办理出院手续的前天下午才能确认。"

医院给义雄安排病床的电话，约好在以后的某一天的下午五点到五点半之间打来。此后每天的这个时间段里，等待医院的电话成了我们的一桩心事。

"在等空床的这一段时间，万一出现了什么异常的话……"

别府医生一脸郑重地说：

"请一定呼叫救护车，打的士绝对来不及的。救护车送来的患者是特例，能免的程序都免了，直接就上手术台。"

家喻户晓的电影明星石原裕次郎，他的病和义雄一样也是弓部大动脉瘤，因为抢救及时才微笑着从手术室里被推出来。我当时在电视上看到这一幕，并没有觉得他得了什么重症。后来在报纸上读到著名作家司马辽太郎突然去世的消息，报上说，司马氏也是死于腹部大动脉瘤突然破裂。

　　"可是，大夫……"

　　我也一脸郑重地问：

　　"您说的出现异常是什么情况？他要是出现异常我能明白吗？"

　　别府医生的脸上明显地透出一抹轻蔑，好像在说：你们总算知道害怕啦！我那么苦口婆心地劝你们的做手术，怎么就听不进去呢！想逃避手术，没门儿！

　　"异常出现了，自然你就明白了。"

　　这样的回答能算回答吗？

　　"具体地说来……？"

　　"只要一破裂，就会剧烈疼痛，窒息、昏倒。"

　　回到家，我和义雄说了一下在医院的经过，唯独"异常"出现后的情况没有告诉他。

　　这一段时间我从杂志上学会了一种杂谷调理法，义雄的一日三餐以杂谷饭和蔬菜为主，杂志上说，这种饮食结构可以有效防止动脉硬化。不知道哪儿来的一股劲，每天下班回家，把包往沙发上一丢，脱掉外套系上围裙，我就在厨房里"研究"从各处收集来的食谱。

记得有一年暑假，我和好友稻叶梨江结伴去中国的云南，目的是实地考察一下瑶族人的传统服装。一天下午我们去一家茶馆里品茶，茶馆在一片青翠的竹林里，安静、优雅。我们一边品茶，一边聊天，聊了很多。话题大概是从女人的寿命比男人长那句话引起的，我们半开玩笑地相互约定：等老伴儿死了之后，我俩搬到一起过。梨江负责做饭，我包揽洗衣服和打扫卫生。梨江说她喜欢做料理，在厨房她觉得特别有存在感。恰恰相反，我是一个不太喜欢进厨房的人，至今也烧不出一道有自信的菜，幸亏是义雄并不在这一方面为难我，他一向在吃上不那么讲究。

等到那一天，老伴终于先走了……

我们好像很兴奋，好像还怀着憧憬。可是真的等到那一天，我和梨江各自的丈夫都先我们而去的话，我们还有现在的这种心情吗？他们走了，我们还能在世上待多久？当然，丈夫死了，不等于生活没有了，妻子还得把余下的每一天过完，丈夫不等于妻子的全部。可是，可是，死去的丈夫已经无情地夺走了属于妻子的那一部分。我有些害怕，害怕想到那一天的到来。

高压锅里煮了杂谷饭，杂谷是我按食谱上的说明配上材料，精心研磨的。我做的杂谷饭里，比食谱上的材料多出一份，那就是我的心情。

今晚的菜肴是：红烧鲽鱼，凉拌牛蒡丝，加了南瓜和洋葱的酱汁汤。鱼和根茎类蔬菜还有酱汁汤，差不多每天都出现在我们家的饭桌上。

义雄一坐到饭桌前，就发出一串叹息，一脸愁容。自从动脉上的瘤子开始膨胀以来，吃饭成了义雄最痛苦的事。饭吃不了几口就在食道里被噎住，一噎住就咳嗽，好容易吃下去的饭，全被咳出来，脸憋得通红，快要窒息似的。

他的喉咙在往下咽东西的时候，就不能呼吸，呼吸的时候就不能完成下咽的动作，也就是说呼吸和吞咽不能同时进行。控制喉头运动的左喉返神经，受到动脉瘤的压迫，变得越来越麻痹了。

最让义雄难以对付的是裙带菜，裙带菜是酱汁汤里必不可缺的材料，也是义雄最爱吃的东西。裙带菜又黏又滑，薄得像一层塑料纸，一不小心就贴到气管黏膜上，咳嗽半天也咳不出来。经过几次磨难，义雄也积累了一些剔除裙带菜的经验。一旦裙带菜贴到喉内的气管黏膜上，最有效的方法是：首先深吸一口气，然后张开嘴，缓缓地向外呼气，气流会轻轻掀开贴在黏膜上的裙带菜，感觉到黏膜和菜叶之间留出缝隙的话，就轻轻地短促咳嗽几下，这样裙带菜就像两用沙发床一样折叠起来。这个时候才可以使劲咳嗽，把裙带菜逼出来。

方法说起来很简单，可是做起来还是憋得脸色发紫。每次看着义雄张开大嘴与裙带菜顽强搏斗，我就怀疑那颗瘤子没准儿会从他嘴里嗖的一声飞出来。不光是裙带菜，菠菜、油菜、海苔都是危险品，一不小心就引出一通致命的咳嗽。

光是清汤也不安全，因为喉咙不能自由活动，清汤会从食道口轻易流入气管。

于是，又是一串地狱受难般的猛烈咳嗽。

在公司里，为了不让人看到这种"惨状"，义雄的午餐差不多只吃饭团子，因为米粒不容易卡在喉咙里。

搏斗一样的晚餐结束了，义雄就像从硝烟弥漫的战场上死里逃生一样，坐在椅子上，暗自庆幸。

通常，这个时候义雄会点上一支烟，美美地抽上一通的，但是现在不得不戒掉这个习惯。K综合医院发给接受心脏手术的患者一本手册，写了许多注意事项，重要的一条是戒烟。手册上说，尼古丁严重影响人体的血管，造成血管硬化、血管老化、血管壁受伤。抽烟引起肺部不适，积痰、咳嗽。手术后的病人最怕咳嗽，因为切开的胸骨是用极细的铁丝缝缀的，咳嗽会让胸部的铁丝绷紧，铁丝就会变得像刀刃一样锋利，疼不可支。

因为害怕术后的咳嗽，义雄决绝地把烟戒掉了。

戒烟的第五天，最难耐的时候。

他正在积极戒烟，我也不能像以前那样想抽就抽了。我不当着他的面抽，想抽了就躲到我的书房抽一会。闻到我身上的烟味儿，义雄也不说什么，他在忍着，为了他自己。

可是，奇怪的事情出现，义雄的脸不知不觉发生了变化。

因为发不声音来，他的嘴好像被看不见的针线缝上了一样，紧闭着。两边的腮鼓着，又像是嘴里含着什么东西，一张嘴就掉出来。嘴一失去表达的功能，眼睛就变得灵动起来，夸张地瞪着，显得眼球向外鼓凸。越看越觉得这张脸古怪、陌生，写着异样的表情，读不懂。但是这样的脸我似乎是曾经见过的。这样的脸酷似江户时代的画家东洲斋写乐画的浮世绘里的大头画。

我的脑海里浮现出写乐的作品：黑衫男、旗本奴、町奴……，义雄的脸就是这当中的一幅。不过，义雄的脸是立体的，就像画中的一颗大头突然从浮世绘的画框里探出脖子来，露出活生生的表情。这张脸还是化了妆的，外眼角处浅勾一笔朱红，是歌舞伎脸谱的化妆方法，叫晕映。

这张脸究竟在表达什么呢，翘起的下巴和骨碌骨碌转动的眼球，看上去是一副可怜相。

义雄的脸，从什么时候变成这样了？

江户才子写乐的大头画，让人欣赏到滑稽，义雄的脸上没有这些，他的脸上渗透出来的是无以言诉的担惊受怕。人的脸，人的表情，在毫无掩饰的时候，竟然会发生那么大的变化。我把目光从义雄的脸上悄悄地移开。

每天都在等医院打来的电话，在等待中二十天已过去。

每天早上，一睁开眼就会想，啊，如履薄冰的一天又要开始了。

义雄不知从哪里打听到，术前的心脏检查比想象的要痛苦。

"简直……不把人……当人来……对待。"

义雄艰难地描述着，把患者赤裸着绑在铁板的床上，电流通过全身，血变成了火苗，在全身的血管里燃烧……

义雄在万分恐惧中等待着入院通知，我却希望那一天早点来到，因为义雄是一件"危险品"，随时都会爆炸。总之先把这个可怕的大物件放进医院或什么地方托管几天，好让我脑子里一直绷着的神经放松一下。

别府医生说过要患者"自我管理"，他给开的药只是普通的降压药，有时候服了降压药，血压该升高的时候还是升高。也就是说，义雄身上的危险因子随时会制造麻烦。

吃饭的时候，咳嗽当然可怕，比咳嗽更可怕的是收缩身子打喷嚏。

我不知道男人的鼻腔和喉咙有什么特殊构造，我只知道义雄打起喷嚏简直可以用震耳欲聋四个字来形容。每次义雄看见我害怕的样子就会嘿嘿笑起来。可是，需要弄明白的是，我害怕这么肆无忌惮的喷嚏，会使义雄把自己惊着，因为在我眼里，义雄是一只盛满水的大气球。大气球甚至经不起牙签的轻轻一戳。

早上，"大气球"男人去公司里上班。

我去大学里上课，一如既往，他开车把我捎到电车站，分手，一整天各人忙着各人的。义雄工作量和以前没有区别，打电话、接待客户、开会、读报表、修改图纸……出生于战后的他这个年龄的人，被称为"团块世代"，是日本产业社会里的中流砥柱。有人把他们的职业精神归纳为三忘：出门上班忘掉家，走进职场忘掉自己，干起工作忘掉生命。可是，我在工作的时候，却不能忘掉义雄。万一他有不测，有人会打我的手机通知我的，可通知管什么用呢，只要是瘤子破裂了，来不及叫救护车他就完蛋啦。所以，打给我的电话无疑就是死亡通知。

上课的时候，放在口袋里的手机一震动，我的身体就像突然灌进一股电流一样，握着粉笔，一条腿下意识地抬起来。口袋里震个不停的手机，如同一匹垂死挣扎的小兽。

下班，回到家，偶尔能听到救护车尖叫着急驶而过，我的心里就不由得一阵慌乱。在我的手伸不到的地方，义雄的大气球也许轰然一声就破裂了。

脆弱的气球，在我的想象中涌出一片黑色的血水，溅湿了办公桌和椅子，洒到地上。四分五裂的气球的残片，贴在地面上、贴在墙壁上、贴在天花板上、贴在公司员工的脸上、衣服上……

在厨房里洗菜的时候，听见车库的自动门缓缓打开。

终于松了一口气，危险的大气球又完好无损地回来了。

走到门口的义雄的身体仍然是暧昧着的。在我的设想中已经死去的义雄从口袋里"哗啦哗啦"掏出钥匙，"哗啦哗啦"打开玄关的门，走进来，迈过玄关的门槛。走廊里响起我熟悉的足音，就像在黑暗的房间里划亮一根火柴，"嚓——"，死了的义雄变成活的义雄，出现在我眼前。

义雄的手里拿着一张白纸，用嘶哑的声音说：

"这，做好……了。"

一张B4大小的白纸，上边横排着几行字：

　　拜托：

　　鄙人是弓部大动脉瘤患者

　　出现意外，请替我呼叫救护车

　　我的预约医院是：K综合医院，心脏外科患

者登录号码：0826　669　115

　　姓名：鹿丸义雄

　　年龄：六十四岁

白纸的最下部是家庭住址和电话号码。

"嗯……"

我把手在围裙上擦干，凑过去看他写的白纸，白纸已经用透明塑料密封好了。

"打算怎么办呀？"

"贴……在……车的……后座上……"

他的用意是，万一在开车的时候出了意外，就算自己失去意识人事不醒，来搭救的人，看了这张纸就什么都明白了。

"哈，义雄你考虑得蛮周到啊。"

我点着头表示赞许他的"创意"，家庭住址和电话号码虽然是个人隐私，但是为了生命安全，公布出来也是迫不得已。

义雄脸上露出得意之色，好像在对我炫耀说，你看，我想的这一招还可以吧。不愧是做了一辈子绘图设计的技术人员，连"便条"也做得那么认真、守规矩。

"以前……我的……叔叔……是……消防队……队长。"

义雄有一个当消防队队长的叔叔，因为心脏病发作去世的，当年他叔叔的身上就常备了一张卡片，写着姓名、病状、联系医院等等事项。莫不是义雄从叔叔那里得到了启示吧。他的这一份"告示"，是趁午休办公室没人的时候，自己偷偷地完成的。

"真的很……不错吧。"

义雄很得意的样子。

晚饭后。

他去浴室，洗澡。洗澡也会影响血压。

按患者手册上规定，三四天洗一次澡为适度。可是今天有些例外，上午为了一张机械图纸的细节，义雄去了一家铁工所，身上沾了不少铁粉和煤尘，不得不洗。哎，这个义雄，连那样的地方也得亲自去，手下员工哪个不比他健康。我把水温调到四十度，我知道，义雄的身子一泡进浴缸里，血压立即就升上去。义雄抱着几件替换的内衣，小心翼翼地向浴室走去，盛满水的大气球，晃晃悠悠消失在走廊的转弯处。——我的耳朵像一个密探，尾随而去。

浴室的门是开着的，我的耳朵在监视着他，那里传来哗啦哗啦的水声，水声是一个证据，证明那个人此刻还活着。

"不要忘了噢，夫人，您的丈夫是危险品。"

别府医生那一句意味深长的暗示在我耳边响起。自从提交入院申请以后，我就和义雄连成一体了。义雄觉得他被我束缚起来了，其实被束缚的是我——能看见他的时候，我的眼睛被他束缚着，听见他的时候，我的耳朵被他束缚着；他离我远了，我的想象会追过去，如影随形，自投罗网。想象是一双无比锐利的眼睛，可以穿透义雄的皮肤，窥视他的体内，看见那些密密麻麻的血管。鲜红的血液如同一列火车在急驰，从心脏始发，开往躯体各地。但是在心脏的附近埋伏着一个直径六厘米的球型地雷，只要一爆炸，轻易就炸翻那辆火车。

浴室里的弄水声停止了。我的耳朵慌张起来。

"嘎吱——"

好像椅子摩擦地板的声音，短促地响了一下，又恢复了安静。上帝啊，难道是地雷爆炸啦？——脑子里一片手忙脚乱，夹杂救护车的尖叫。还有脉搏吗？已经无济于事了？……

像被一条绳索拽着，跟跄着走了十几步，到浴室门口，微微发抖的手按住浴室的门把手。

"义雄……"

屏住呼吸，轻轻扭动门把手。

温吞吞的水蒸气，氤氲。

看见了他赤裸的后背，他坐在盥洗台前耐心地刮胡子，水汽朦胧的镜面上映着义雄模糊的脸部轮廓。

"怎……么啦？"

他对着镜子说。

"拜托，不要在里边待那么久。"

"嗯……"

我站在浴室门口，看着他的后背。

后背上的骨头明显地突出来，的确是变瘦了，因为喉咙吞咽食物那么痛苦，义雄的饭量减少了许多。看着义雄的后背，好像欣赏一件值得怀念的东西。

很想伸过手去，抚摸一下他的背。

下午五点刚过，我的手机响了。

"这里是K综合医院的心脏外科。您是鹿丸香澄夫人吗？"

来啦。终于等到空床了，终于轮到义雄去做入院检查了。

"明天就可以来住院了。请带好上次交给您的入院申请书和办手续的证明材料，还有患者的随身生活用品。请记住办入院手续的窗口在一楼九号。"上次填写入院申请书的时候，我只给医院留了我的手机号码和家里的电话号码，家里没人接才打我的手机。自从喉咙里发不出声音，义雄和别人交流只有笔谈了。

光是入院检查就等了——一个月零七天。

马上用手机给义雄发了一个短信。他正在事务所里，把手头的工作交代了一下，留出了三天的空闲。

傍晚，我到家的时候义雄已经提前回来了。

黄昏的薄暗之中，一件旅行箱打开着，里边装好了入院用的东西，义雄正在重新盘点一遍。因为医院的通知时间不确定，所以用旅行包把一应的随身用品都事先准备好了，是随时都可以出发的待机状态。

我把饭做好了，端到桌上，义雄几次伸手来帮忙都让我回绝了，我今天表现得特别勤快，行动利索。义雄默默地坐到桌前开始艰难的晚餐，一边吃一边咳嗽。

吃完饭，收拾好了桌子。把明天要带的入院申请书和心脏导管检查的承诺书什么的，拿出来又重读了一遍。导管检查虽然不是做手术，但是也不能疏忽大意。

"关于心脏导管检查，我们听取了医生的介绍，有了充分的了解。在此我们承诺接受本次检查，并且同时承诺医生在紧急情况下，对患者实施适宜的医疗手段。"

在承诺人一栏里，有我和义雄的签名，并且按了手印。

检查的方法是，从左手的手腕部插入导管，导管一直延伸至心脏，导管口的微型镜头将拍下心脏的各种图片，图片显示在电脑屏幕上，由专家们进行观察。听起来很简单，实际操作起来仍然风险很大，不能完全排除掉死亡的危险。在承诺栏里签字按手印之前，医生反复强调了最后一句。

所以，真正的承诺人是患者的妻子而不是本人，本人死了的话，也就不存在承诺的意义了。

该准备的都准备好了，义雄去浴室里冲了个澡。

一想到明天早上，医院的大门一打开就接纳了义雄，心里就宽敞多了，对义雄的身体也稍稍放松了警惕。我对他的监视到明天九点截止，仿佛一个岗位上连续加班的职员终于听到获得休假的消息。这样想着，耳朵竟然忘了监听浴室里的水声。

我走进自己的书房，打开窗户，坐下来抽烟。

榻榻米上铺好了被褥。义雄仰面躺在被窝里，脸上的神情像一个认真听讲的中学生。他的身上散发着一股淡淡的肥皂和香波的气息。

"考虑什么呢？"

问他。

"什么也……没……"

淡淡的回答。

被肥皂的清香吸引，我向义雄的身体靠了靠，想让义雄搂着我。真的，很久没有那样亲热过了，义雄眼睛望着天花板，沉默着。我把头贴到他温暖的胸前，听见他的心脏在嗵嗵地跳着。

我的手，缓缓地向下移动，轻轻地触到了那里。但是，那里冰凉冰凉的，好大一会儿都没有任何反应。我记得以前义雄半开玩笑似的说过，男人的宝物藏在裤裆里，男人以那里为中心。

现在，义雄的宝物是他的心脏，义雄的中心在那一颗动脉瘤上。

不一会儿，义雄睡着了。从他的枕上响起了细长的鼾声。

上午九点，赶到了医院。入院手续办完之后被带去五楼的心脏外科病房。房间里有四张床，只有一张是空的，在最里边，靠着一扇窗户。忽然有些后悔，在申请空床的时候的，没太留意房间，要是给义雄申请一个单人间就好了，现在再提出要求，可能来不及了。

另外三张床都被白色的帘子半掩着。义雄的床铺对面，一个穿睡衣的男人横躺着，睡衣胸部开襟的地方，装着一个铝合金的矫正支架。一看就知道是做了开胸手术的。缝合胸骨的铁丝连在矫正支架上，铁丝松了，就用支架上的螺钉来调节。另外两张床上的人都塞着耳机在看电视。静静的四壁雪白的房间，早晨新鲜的阳光，透过明亮的窗玻璃打在地板上。

义雄刚换好睡衣，心脏外科的部长就过来问礼了。他是一个五十来岁、微胖的中年男人，头发浓密却已多半斑白。部长的声音和举止都很轻柔，他和义雄并肩坐在床沿上，一边说话一边抓住义雄的左手手腕号脉。

"不要过于紧张，既来之则安之……"

部长放开了手，笑嘻嘻地说。义雄和我也陪着笑。

"这次检查也许不太适应，不过，手术的事请一定放心，我向您保证竭尽全力。"

外科部长是这里的最大的领导，他亲自主刀给义雄做手术，那还有什么好说的。他看起来是一个人品和技术都值得信赖的人。部长的白色外衣上别着胸卡，写着他的名字：颖田和博。

外科部长离开不久，护理部长又来问礼了。他说，下午要做身体测定和化验血液，明天才开始心脏导管检查，只不过这是原计划，万一这期间有急症患者送进来，计划就得调整。所以护理部长说不能确定检查开始的时间。

"夫人，您明天最好在早上十点之前能来医院。检查只进行三十分钟，但是检查之后五个小时之内，患者需要卧床休息，身体不能动。您最好能守在他身边。"离开之前，护理部长又劝说了一回。

护理部长离开了，房间里剩下义雄和我（还有另外三张床上的陌生人）。义雄还没有适应新的环境，神色看起来很不安定。床头柜上有圆珠笔和记事本，义雄拿在手里，写道：

"你快走吧。"

义雄把记事本推给我看。他穿的睡衣和这个房间、和他病号的身份实在不相称。

义雄继续写道：

"你今天还要去学校上课，快走。"

我打算今天去学校，向教务处把明天的假请下来。义雄坐在床上，像一个很听话的孩子。

"那么，我明天早早来吧。"

我准备回去，义雄从床上下来穿拖鞋，说送我到一楼的玄关。两个人出了房间，去电梯口，正好电梯停在五楼，按了一下向下的开关，电梯缓缓地关上了门。两个人什么话也没说，并肩走着，一直走到了玄关的自动门前，义雄总算停住了脚。

他举起一只手朝我挥了挥。

"好吧，明天见。"

"啊……啊……"

我知道他还站在原地目送我，我没有回头，径自走出医院，好像演电影一样，演一幕分别的戏。我在练习把丈夫留在医院，自己一个人回家。出了医院的大门，过一个十字路口，再走五六分钟就有JR电车站。

在大学里上完最后一节课已经是下午四点半了。去稻叶梨江的研究室，和她讨论了一会下周的联席讲义，接着到教务处把请假条交上。

然后，我离开了学校。

从车站出来，不紧不慢地走，走近住宅小区前面长长的斜坡的时候，天已经完全黑了。

回到家，放下公文包，走进厨房却懒得做饭了，坐在饭桌前发了一会儿呆，想起那句老话，大意为：丈夫是生活上的一把锁。仿佛生平第一次体验到了义雄不在家的滋味，这种滋味和他以前外出旅行或者出差不一样。今夜和明天义雄不回家，没有了这把锁，屋里的时间显得那么漫长，漫长得不知道如何打发。

做晚饭、刷锅洗碗擦桌子、整理公文包、叠衣服、烧水、洗澡、化晚妆……每天按部就班要做的通通都不考虑了。我脱掉套装，披上睡袍，然后打开冰箱的门，找一点吃的应付一顿孤独的晚餐。我翻出几块奶酪、一个西红柿和半盒酥盐饼干，还有一瓶冷酒。照顾义雄的这一段时间，每天买新鲜的食品吃，当天的东西当天吃光，冰箱里几乎没有贮备食品。往玻璃杯里倒满酒，一口喝干了，拿出一块饼干放进嘴里，饼干的味道怪怪的，又把玻璃杯倒满，一口喝干，拿起一块奶酪放进嘴里，奶酪的味道也是怪怪的。

这个时候，义雄在医院里应该吃过晚饭了。在医院里不能洗澡，睡觉时间还早，和别人聊天也说不出话，他又不喜欢看电视。这个时候义雄在干什么呢？想给医院打个电话，电话得先打到医院的总机上，然后转到心脏外科病区，护士小姐接了电话，再去病房找他。可是我又没有什么要紧的事。料想义雄也不太可能找个投币电话给我打过来。

医院很近，但是义雄很远。没法用电话和义雄联系，住在医院里的义雄就像被关进拘留所里一样，硬生生的夫妻隔离。

喝着冷酒，就着不配套的小菜，味同嚼蜡。吃掉一颗西红柿之后，我点上一支烟抽着，觉得自己有点不可思议，一起生活了那么多年，自己身上既没长瘤又没长癌，平日连感冒也很少得。夫妻一条心，身体却是两条，丈夫的血管被切掉了，妻子的肉体不会觉出痛。一起喝酒，一起抽烟，健康的人依然健康，人的身体真是不可思议。

手机没有响，家里的电话也没有响。

料想义雄吃过医院的晚饭，会在走廊里散散步，脑子里闪过几个恐怖的画面，觉得自己就像摆上案板的鲤鱼，任人宰割了。为了第二天的检查，九点以后义雄就不能吃零食、喝水了。义雄躺在床上的姿势应该还和以往一样，蜷着身子像一只团子虫。

喝下几杯酒，感到酒劲儿顶到头上了。醉眼蒙眬中，房间里一片白茫茫的，像降了厚厚的一层霜，沙发、柜子、落地灯……还有我都被一股冷气封冻上了。于是想起以前看过的一部中国恐怖片里的情景——

从战场上生还的男人，回到阔别多年家中，见到他日夜思念的妻子，他们接吻、做爱、吃饭、聊天……快乐得不得了。

有一天妻子外出，男人的朋友来了，惊讶地看着他，后来朋友诚恳地告诉那男人，你的妻子很早前就生病死掉了。于是，家里的样子发生了剧烈的变化。

正在居住的房子在一瞬间破败不堪，天花板塌了，墙壁驳落，地板上爬满虫子，长满荒草的院子里有妻子的坟墓。再次出现在男人面前的妻子，从美人变成了一具白骨……

电影在讲述一个悲凉的爱情故事，是魔幻主义手法。那部电影让我相信一种感觉，自己最熟悉不过的家，会突然间改变，变得陌生而遥远。此刻，我们的家一寸一寸地被封冻了。

卧在沙发旁边的电话响了。

冰封的空气里炸出一道裂纹。

拿起电话的子机，话筒里传来梨江的声音，像一股暖流流过全身，把我从寒冷中拯救出来。我还没有把义雄的病情告诉给梨江，以前只是轻描淡写地提起过入院检查的事。梨江既是我的同事也是跟我比较谈得来的好友，我并不是想隐瞒什么，只是不想让自己的坏心情影响到她。梨江在电话中问起后天的联席讲演的事。

"因为放心不下，就去教务处问了问，他们说你请了明天的假。后天的讲演……"

"后天没问题，我会准时到场。"

后天义雄出院，我打算先去医院把他接出来，让他打的士自己回家，送走他之后，我从医院直接赶往大学。

"明天还不知道出什么结果，最好做两手准备，实在不行就再请一天假吧。"

"看情况再定吧。"

我的脑子里只记得义雄出院是后天上午，这次检查是为下次做手术准备的，医生很可能会啰里啰唆做些说明，那就不知道拖多长时间了。

"我知道，那家医院是很麻烦的。"梨江说。她的丈夫突患心肌梗死，入院一周，梨江有在医院护理病人的经验。

"说的是呀。"

梨江虑事比我周到，她在生活上比我细致多了。以后义雄做手术，还得向学校请长假，自然会在各方面给梨江添不少麻烦。

"明天到了医院，先去一楼的小卖店买好T型绷带、长嘴壶，还有矿泉水——矿泉水至少买上五六瓶。检查很快就结束，病人一出来就得片刻不离地陪着他，没有买东西的时间了。"

真不愧是梨江，从电话的那一端传授护理经验。做了导管检查的患者，检查完之后非常口渴，需要补充大量的水，饮水加快体内循环，能把检查时注入的药物尽快排出来。

"总之，今晚放松，好好休息。你家先生现在在医院，比家里安全多啦。"

但是，家里冰凉冰凉的。

"说不出为什么，只是觉得冷。"

"完全理解！"

感觉梨江在那一端，正频频颔首。

"说起来，我俩虽然称不上夫唱妇随、举案齐眉，但是共同劳动、互相支持，在外人眼里也算得上美满婚姻吧。可是我也并不是一个好妻子。所谓美满婚姻，那得是做丈夫的和做妻子的都很好，而且要好得平均、好得成比例，不多不少各占一半。好比两个半球合体成一个圆球……"

喝了酒的人，话就多起来，只顾自己说个痛快。

"我们谈恋爱的时候，正好是东京的西南部多摩丘陵上建起一大片住宅区的时候，听说有二三千户人家迁进那里，人们把那里叫'new town'，听起来是亮晶晶的感觉。'new town'成了人们热切关注的话题，还有人预测说不久的将来，那儿就要诞生一个四十万人口的新都市。

"那个时候我陪义雄去东京出差，心里也是充满了那种亮晶晶的感觉。是我主动向义雄求婚的，我说：我想拥有一个家。坦白地讲，那个时候我的银行存款一点也不比义雄少，两个人合伙买一幢房子也不算难事。义雄说：好吧，为了我们的幸福的"new town"，我们一起努力吧。那时候我们多么年轻，怀抱理想，对未来充满乐观。

"双职工的家庭里，妻子往往会强烈要求夫妻平等，这也不算过分吧。我记得义雄第一次伸手打我的时候，我也毫不犹豫朝他脸上还击了一拳，把他的鼻子打出血来。"

电话的那一端传来梨江的笑声。

"哈哈，没想到啊，香澄太太是一位悍妇。我们两口子还没打过架呢。稻叶是个老实男人，在家里没有大男子主义作风，从来都是和我分摊做家务，连打扫走廊都是一人扫一半。我们谈不上恩爱，但是很公平。"

"那么抹桌子呢？"

"他抹一半，我抹一半，哈哈……"

羡慕稻叶夫妇。羡慕他们比我们年轻，比我们公平。义雄可是从来不做家务的，逢到心情好时凑过来帮忙，我还得怀着感激，千恩万谢。要说，这么多年也算是积怨已深了，可我竟然毫无察觉。同样都是往家拿薪水的，凭什么呀！

"所以呀，稻叶那次突然倒下，我就觉得……"

电话那边停顿了一下，梨江仿佛哭了。

"我就觉得像断了一条腿一样，怎么也站不起来啦。你可能不知道，我们俩从高中时代就谈恋爱，一块儿去上学，一块儿回家，一块儿旅行，一路肩并肩走过来，走到现在，谁也离不开谁了。看着他躺在病床上，我就想，怎么会是这样呢，人的身体说不行就不行了。人生不应该那么早就……"

夫妻究竟是什么关系呢？是伴儿，是帮手，谁也离不开谁，除非不得不离开。

"不是说一箭双雕吗？一只老雕是被射下来的，另一老雕没中箭也飞不起来了，翅膀一收跟着从天上掉下来。"

梨江以为自己想出了一个绝妙的比喻，破涕为笑，电话里传来她嘿嘿的笑声。

"两口子就是要相互支撑的，双职工家庭好比家里有两根顶梁柱，一根柱子倒下了，另一根柱子还能把家撑起来。可是我发现自己根本不是顶梁柱。"

"我也一样，要是丈夫这只老雕被射下来了，我也没信心再继续飞啦。"

被酒精激起的亢奋退潮，困倦开始封锁眼皮。挂断了梨江的电话，身子一歪，躺在沙发上就睡了。

以为睡了很久，其实只不过打了个盹就醒来了。房间依然是冷，我拿起遥控器打开电视消磨时间。

那是演奏钢琴的画面，悦耳的曲子流淌出来，短暂的间奏之后，歌声响起，深沉、厚重的女中音。站在钢琴旁边演唱的女歌手原来是千昌奈绪美，我记得她的丈夫是一位有才华的音乐制作人，不幸得了癌症突然死去。千昌奈绪美也从此中止了所有的音乐活动。电视里播放的，大概是十五六年前她的一次舞台演出吧。

歌曲的名字是《洒满晨光的家》。

明亮的、温馨的曲名，听起来却是忧伤、悲凉的感觉。原曲是一首美国民谣，讲述的是一个凄惨的故事：有一个被负心男人抛弃的女人，含恨离开故乡，到了新奥尔良，不幸沦落成了妓女。

这首歌曲后来几经改编，一度风靡欧美。传到日本后，由浅川牧重新填词，成了一首怨妇歌。歌词的第一句是：

"我爱的男人，一去不回。"

于是可怜的女人在千昌奈绪美沉郁的嗓音中开始了她漫长而又阴暗的流浪，走啊，走啊，终于走到了新奥尔良。

新奥尔良位于美国南部的墨西哥湾，那里是黑人灵歌和爵士乐的故乡，也是流浪者的天国与地狱，赌钱、卖淫、吸毒、人种歧视……好莱坞电影《欲望号街车》便是以那里为故事背景的。

不知为什么那个可怜的怨妇非要去那里。

"我终于来到了新奥尔良，沦落青楼。"

歌曲如同在哭诉中结束的。歌手奈绪美站在舞台上仿佛还沉浸在怨妇的故事里，她的目光投向空洞暗淡的舞台的上空。那奇妙的一瞬间里，她能看见不久之后降落在自己身上的厄运吗？

　　《洒满晨光的家》听完了，我关上电视，歌曲的旋律似乎还隐约在房间里回荡。

　　"我终于来到了新奥尔良，沦落青楼。"

　　歌词里的这一句，一唱三叹，引出了我对童年往事的一些杂乱的记忆。

　　我的童年时代，全日本的海上运输事业正迎来繁荣的黄金时期。故乡北九州市的港湾，总是停着许多外国轮船。港湾附近的几条街上，开设了许多专门接待外国海员的旅馆、酒吧，一到晚上，就亮起霓虹灯，大喇叭里传出流行歌曲。我记得有一个叫"Brazil"的酒吧，一些黑人船员常去那儿。酒吧门前有一块写着英文的很大的招牌，招牌底下坐着几个浓妆艳抹的日本女孩。

　　还是小学生的我，每次从那里经过，都浪漫地想，那些化妆的漂亮女孩，总有一天会遇到一个爱她的海员，然后他们相约在某个深夜乘上大轮船离开日本，去遥远的巴西或者什么地方。后来，真的听说有女孩子和外国海员私奔的故事发生。

　　真的像报纸、杂志上写的那样吗？女人为了爱情什么蠢事都干得出来。

那个叫"Brazil"的酒吧里一定藏着许多故事。

明天，太阳依然会升起，明天我要去照顾义雄。我站起身，摇摇晃晃走进卧室。

早上十点前我赶到了医院。

走进义雄的病房时，护理师正在给义雄做检查前的准备，检查按原定计划进行。

从昨天晚上就开始断食的义雄，有气无力地斜躺在床上，一个表情凶巴巴的小护士正在给他测血压。

"哎呀，怎么血压又升上去啦。"

小护士凝着眉头。

高压一百七十，低压一百一十。可能是托杂谷饭的福，在家的时候，义雄的血压一直稳定在高压一百一十左右，低压在八十与七十之间，只是偶尔会增高一些。

"从半小时前开始，血压各增高了二十左右。"小护士说。

胆小鬼、懦夫、没男子汉气，小护士的心里一定这么嘀咕着吧。

我也觉得义雄有点不争气。原因很清楚，因为心里害怕、紧张，血压就升高了。血压降不下来检查就不能进行。况且，动脉瘤患者的高压过了一百三十，就是危险区域。

护理师喊来了护理部长，部长一脸慈祥，像哄小孩子一样对义雄说：

"鹿丸先生，请不要那么紧张。没什么大不了。"

义雄脸色发青，笨拙地点了点头。被部长一说，他好像更紧张了。

就要到检查的时间了，护理师让义雄把内裤脱掉，换上T字带，他还是第一次穿T字带。义雄转过身面朝墙壁脱下了内裤，把T字带从裆里兜过来，很不习惯地系着T字带上的纽扣，磨蹭了半天也系不上。

"我替你系吧。"小护士凑上前来。

"不用……"

冷冷地拒绝了。裸着的后背，微耸的双肩。

穿上胸部敞口的蓝色手术衣，义雄被扶上了担架推车。

"检查室里三个主治大夫都在，丝毫不用担心，三十分钟就检查完了，很快的。"

护理部长笑容可掬，义雄在担架车上，面无表情，一言不发。

但是担架车并没有把义雄立即推走，仍然是待机状态。比义雄先一步推进去检查的患者还没有被推出来，难道发生什么意外啦？那位患者的检查时间早就超过了三十分钟。

在待机的空档里，护理师又测量了义雄的血压。

"一百八十。"

护理师和护理部长交换了一下目光。

真想不到，还没等到做检查，义雄的身体就已经开始自暴自弃了。

"好的，缓缓吸气……缓缓吐出来……再吸。"

护理师帮着义雄调整呼吸。果然，血压计的数字一点点下降。

"好的，好的，慢慢吸……"

义雄的喉咙，咕咕地响了一下，又是一阵急促的咳嗽。伴着咳嗽，血压又噌噌升上去了。护理部长、护理师、我，大家无奈地看着惶惑不安的"破裂物"。此刻，义雄的整个身子都成了那块血色的瘤子。

"把大夫找来吧。"

"大夫已经进入检查室了。"

护理部长一边给义雄号脉一边回答。

比预定时间晚了一个半小时，将近十二点的时候，终于排到了义雄。载着盛满血水的大气球，担架车悄然滑过走廊，滑向走廊尽头的自动升降机，升降机像一只张开大嘴的巨兽，等着义雄。

停在升降机口，我向义雄挥了挥手，义雄涨满血色的眼球向我翻了一下，抬起一只手在空中摇了摇。他的细长的手脖上系着一块青色塑料牌，上边写着"鹿丸义雄"。

巨兽把义雄一口吞下。我扶着走廊的墙壁，两腿软软的，连走路的劲儿也没有了。

送走了义雄，我回到病房，等他。刚才只把心思放在义雄的血压上，没在意房间里有两张床已经空了。有两位患者今天早上办了出院手续。也许马上就会有新的患者住进来吧。把义雄床前的帘子拉开，想坐下歇一歇，无意之中看见义雄对面的床上，从拉紧的帘子下边露出一只白白的脚，一看就知道是女人的，娇小的脚。只是这只脚已不是年轻女孩的皮肤光鲜、灵动可爱的脚。脚踝上积了一些臃肿的脂肪，后脚跟上磨出一层硬茧，大拇指也有一点点变形——这是一只渗透出疲劳困顿的脚。

可是，这里是男性患者的病房。

那只脚微微动了一下，倏地收了回去，接着，帘子下边探出一双穿了鞋子的脚。帘子被拉开，露出一张中年女性的脸，染成褐色的卷发，有一些缭乱。

"对不起，让您受惊了吧。"

女人向我歉意地一笑。她说，丈夫去做人工透析，自己在这里等着，不知不觉睡了一觉。我问，这里是心脏外科病区，难道还有肾脏病患者来住吗。她答，自己也是刚听说，人的心脏出了故障，肝脏和肾脏就会负担加重，容易出问题。

她看起来也就是五十出头的年纪，脸上透出的憔悴神情，使她比同龄人显得老气一些。

"预约的是动脉瓣修复手术，如今肾脏又出了些麻烦。"

靠得那么近的两张床上，躺着症状完全不同的两个丈夫，但是他们的妻子的心情是完全相同的，脸上的憔悴也是相同的。

"您丈夫的病，必须要做手术吗？"我问。

她把床上的被子卷成一个团，把腰靠在被子上说：

"医生的说明是，通过手术，植入人工动脉瓣。如果不这样内部的血管就会坏死。手术晚了就来不及了。"

"原来是这样呀。"

我把她的不幸和自己的不幸放到天平上称量了一番。她的丈夫是不做手术必死无疑，可是现在想做做不了。我的丈夫也是不做手术就不能够活，做手术只是时间的问题。不幸的天平垂向她那一边了。

"你们家的那位也是要做手术吗？"

"哎，不过日期没有决定。"

我暧昧地问答。

"在这家医院排号，要等很长时间。"

女人同情地说。

"我们家的这位已经切了二次了。"

"是吗？"

做一次就招架不住的身体，难以想象还能有勇气承受第二次。

"同一个地方可以切很多次吗？"

"第一次从胸部正中间纵着切的，第二次从左胸的下部横着切的。"

女人举起手掌在自己的胸前比画了几下。她的动作让我想起剑道表演里的招数，脑海浮现了一串动作片里的格斗画面，敌人的长矛迎面刺来，侠客将身子向旁边一闪，单膝跪地，手中的短刀顺势往前一扫，顿时一片血光……

荒诞！

"可是从下方切开，心脏看得不太清楚，手术时间长。而且肋间神经大面积切断，手术之后，非常地疼。"

那个女人正在陪伴丈夫做第三次手术。这一次会从哪里切开呢？

"心脏就像装在笼子里的一只小鸟一样。"女人很严肃地说。

"是吗。"

前边是肋骨，后边是背景，小鸟一样的心脏关在骨头做的笼子里，啾啾叫着。

"陪着做了两次手术，您一定很辛苦吧。"

即使那么辛苦，她看起来也不是那种会轻易许诺，对丈夫甩手不管的女人。

"可是……坦白讲，我也不希望他再这样拖下去了。他的病都怪他自己不注意。抽烟、喝酒全由了自己的性子，一身的坏毛病怎么劝也不改。自作自受。当妻子的，该做的我都做到了。所以，虽然很疲劳，可是我一点也不内疚。"

她的脸上没有化妆，裸着真实的皮肤。说不上漂亮，但是端庄，尤其是嘴唇，看起来蛮性感的。如果不是长期照顾丈夫，这样的女人很会收拾自己。

沉默了一会儿，相互连名字都还不知道的两个陌生女人，一场随心所欲的对话。女人在床上调整了一下身姿。

"躺着真舒服。夫人您也稍微休息一下吧。"

被她一说，我也脱掉鞋躺到义雄的床上。两个人这个样子，要是让护理师瞧见了也许会不高兴吧。

"放心吧，到这里来的女人们都很辛苦，护理师也理解，不会说什么的。"

考虑到护理病人，病房里的床铺设计得比较窄，躺上试试居然很舒服，比高级宾馆里的床榻还软乎呢。我把头靠在枕头上，枕巾上还留着义雄头发的气味。

"啊，好舒服……"

我伸了一个懒腰。

"舒服吧。"

邻床上的女人说。

"看来，要在这里长期作战啦。"

女人把床前的帘子拉上。两张床成了两个空间。

我迷迷糊糊睡着了。

远处的走廊里响起担架车的声音。我激灵一下醒过来，才打了一个盹，二十分钟就过去了。

义雄回来了。

我下了床，把枕头上床单上的褶皱抚平。

三个护理师小心翼翼地把义雄的身体端到床上。

已经午后一点了。现在开始是检查后的静养时间。

手腕上为插导管而切开的动脉，需要四五个小时才能愈合。这期间还要挂两瓶点滴，患者必须卧床，不能活动。万一伤口裂开了，动脉血会轰然一声喷出二米高的血柱，把天花板染红。

我把从小卖店里买来的矿泉水倒入容器，端到义雄嘴边，义雄的脸肿得很厉害，目光呆滞。他像婴儿吃奶一样，用嘴喝着吸管。

不一会儿医院送来了预定好的午饭，义雄说不吃。他的血压仍然很高，处在动脉瘤随时破裂的危险当中。义雄一直闭着眼睛，偶尔睁开眼想看时间，我就把手表放到他眼前。

午后一点半……

二点……三点……

手表的秒针按部就班。

下午五点多钟，总算允许可以起来上厕所了。我一手举着吊瓶，一手搀着义雄的胳膊，陪着他走进了男厕所。正在止血中的手腕被固型夹板和绷带包裹，义雄只能使用另一只手小解。他站在小便池前，艰难地解开T字带的纽扣，我站在他后边高举吊瓶。一泡细细长长的小尿，从义雄的两腿之间有气无力地流淌出来。医院是让男人们没面子的地方。

我们正站着的时候，又走进一组，看起来是和我们年龄相仿的一对夫妻。丈夫在前，妻子在后，妻子的手里和我一样高举着吊瓶。她看见我，无声地笑了一下，用笑容打了一个招呼。我也点头，回敬一个无声的笑脸。那位妻子也站在丈夫的身边，审慎地等待丈夫小解。

郁闷！在那样的地方，两个妻子竟然还有故作幽雅的笑容。

天快要黑下来的时候，义雄终于解放了。伤口顺利地止血，应该没有什么问题。医院的晚餐还没开始，义雄慢腾腾地从床上坐起来，说饿，在等着吃晚饭。他脸上的表情是，我总算又活着回来了。

旁边床上的那位女士安静地斜坐着，她塞着耳机在帘子里边看电视，白色的帘子上映着她的影子，一动不动。她的丈夫到现在还没有从透析室里回来。

离开医院，我回到家里，已经是夜里九点以后了。因为长时间卧床，义雄的背部和腰部酸痛难耐，我耐心地给他按摩了一个多小时，直到他睡熟了鼻子里响起鼾声。

我到浴室简单地冲了一个热水澡。今天晚上要是不喝点酒，可能会失眠，于是我倒了半茶杯冷酒，一饮而尽，然后关灯，躺倒。晚饭只吃了一块在医院的小卖店里买的三明治，空腹喝酒，酒劲儿果然猛烈，不一会儿脑子就昏昏沉沉了。

不知什么时候，觉得意识从昏昏沉沉的状态里清醒过来，但是眼睛闭着，依然是睡着的。我清醒地知道自己是在梦中，仿佛落进一片漆黑死寂的深渊里似的。

刚有所察觉的时候，忽然眼前出现了一片绒毯，是用昂贵的绢丝织就的绒毯，那颜色细看起来像血，鲜红鲜红的血一样，映得人目眩。

狭窄的房间里，纸灯笼静静地亮着，微黄的光晕。

靠墙的地方，横着楠木的衣架，挂了一件男人的和服，表面是湖蓝色，上面用苏州刺绣的方式绣着一些图案，细看，是白色骷髅。无端地觉得，那是从江户时代到明治初年，十分流行的一种图案。

我在纸灯的旁边，侧身跪坐。穿在身上的是一件水红的仕女装，胸口开得很低。这时候不用镜子自己就能清楚地看见自己，我的长发垂下来，均匀地披散在后背上。我安静地等待着什么，怎么是这种打扮呢？刚一想，就忽然明白了，我无比惊讶地发现，自己原来是一个青楼女子。

外边，一片寂静，夜黑得格外深沉。狭窄的房间在无边的夜的深渊里。

我的胸部是美丽的，乳房像洁白的桃子，仿佛在薄纱的胸衫里透着微光。梦中的自己忘记了年龄，梦中的自己正是人生中最漂亮、最妩媚的时候，不，梦里的我比任何时候都漂亮、妩媚。

轻飘飘的，一股淡淡的香烟的气味。向背后望去，在血红的绒毯上，像灵堂上的牌位一样盘腿坐着一个男人，年龄大约六十出头，披着蟹青色的长衫。男人嘴里叼着一杆长长的烟斗，吧嗒吧嗒地抽着烟，红铜的烟袋锅里，火忽闪忽闪地亮着。

"喂——把脸转过来，咱们聊聊。"

男人低沉、浑浊的嗓音。

那个老年男人的声音像咒语一样带着魔力，我的身子不由自主地转向他，匍匐在地。男人的头上梳着又粗又大的发结，显示着一种冷冷的威严，像古装戏里的黑道大佬。我偷偷地看了一眼他的脸，仿佛似曾相识。他的长相酷似某个电影演员，如果我没记错，就是那个一向扮演恶人坏蛋的上田吉二郎吧。

"喂，过来。"男人用骨结突起的大手朝我招了招。

"是。"我顺从地移动膝盖，向前爬了几步。

"再近一点。"

"是。"我又顺从地向前移动膝盖，我看见他盘着的双腿中间露出红色的兜裆布。

"我做的事，你都听说了吧。"

我于是知道他替我赎身的事，这个男人已经付了钱把我从这里买走了。

毫无疑问，这儿是一座妓院。我的身边坐着一个酷似上田吉二郎的男人，所以妓院不会是在美国，不会是在新奥尔良。可是这究竟是在哪里？我猜不着，只觉得这儿是谁也找不到的最隐秘的地方。

男人想问问下次来迎娶我的日期。我说，我不能决定。

为什么！为什么！男人忽然不高兴了，他的声音里带着怒气。

"难道，你不希望我来赎你吗？"

"不，不是的。"我焦急地否认着，胸口像燃烧了一样，"请您再等一等可以吗？"

"那么，你是讨厌我吗？"

"不，不是的，只是现在还不行。"我一点也不讨厌这个像一条冰冷的蛇一样的老男人。

"拜托您，请再等一等好吗。"

两手按在榻榻米上，我向他磕头求告。男人的一只脚伸到我眼前，硬邦邦的很性感的脚，忽然有了一种冲动，想扑上去咬一口那只赤裸着的异性的脚。或者，试探着扑到这个男人怀里。

"总之，求求你啦。"

我的头缓缓地摇动。

"如今，我的丈夫正在危难之中，正是生死未卜的时候，我无论如何都不能答应您。请稍等，请稍等……"

男人没有任何回答。

可是，我不知道为什么要让这个男人等待，也不知道等待的结果会是什么。我的脑子里只有一个最简单不过的想法：总之，先让他等着。

好像已经无路可逃，难道这里就是《洒满晨光的家》那首歌里描述的地方吗？我的旅途的终点站就是这里吗？在这里等待我的会是什么样的命运呢？是悲？是欢？是苦？是甜？

我潸然泪下。

红色的绒毯，像池水一样掀起波纹，鲜红的血色慢慢地黯淡了……

第二天早晨，我从自己的被窝里醒来，很新鲜的阳光正好照在我的脸上，想起来昨天晚上睡前忘了拉上窗帘了。我用手背挡着暖洋洋的太阳光，情不自禁地笑出声来。

鹿丸香澄，时年六十二岁。

想什么呢——自己！一个老太婆啦。

我走向盥洗室，开始了一成不变的刷牙、洗脸、化妆……

今天是把在医院里寄存了两晚的"破裂物"赎回家中的日子。我要去医院迎接他并且听取重要的检查结果。瘤子的状态如何？他的身体够不够做手术的条件？

诸如此类。更衣，烤面包，热牛奶，冲上一杯自己爱喝的可可茶，在短暂的晨光里，准备一天的开始。

赶到医院正好是九点钟。

年轻的别府医生，看起来，今天是好心情。

"检查的结果是：他的状态非常有利于做手术。"

一种让人哭笑不得的表扬。经历了两天医院生活，义雄好像变成了一个乖孩子，对别府医生的话，言听计从。

"瘤子的大小还是六厘米，好像这一个多月以来没有明显增加。不过，瘤子的内部正在微妙地发生变化，是恶化。"

从心脏延伸出来的大动脉，由三层厚厚的血管壁包围着，CT照片上显示出的义雄的血管，有二层已经破裂，从那里渗漏出来的血液压迫了周围的组织，形成了瘤子。

"血管壁上的一个小孔正在扩张。人体的细胞毕竟是蛋白质构成的，不论血管壁多厚，由于硬化导致的伤口不会自行愈合，相反，会一天天溃烂，也就是血管破裂。"

在令人哭笑不得的表扬之后，是更沉重的打击。

"漏出的血液也许会越来越多。那样，将会使瘤子加速膨胀呢。"

像河堤决口一样，不是静脉的河，是动脉的河，是汹涌的激流。恫吓般的说明之后，是商量预定手术的月份。

"想必您已经知道，提出申请也并不是马上就能入院做手术。要排号等，现在就开始排号吧。"

正在这时候，房间里的侧门打开了，颖田部长走出来。

"我能理解，在需要自己下决断的事情上面，谁都不希望别人催促。"

颖田部长微笑着说，像一只温暖的大手，抚摸义雄颤抖的心脏。

"可是，我还是希望您早下决断。"

部长坐在我们对面，扭动脖子交错着看沉默的义雄和不得不沉默的我。

"当然，做手术还是不做手术，这是由每一位患者的人生观来决定的。毕竟，心脏外科手术对人的身体来说是一种十分残酷的行为。"

施以全身麻醉。切开胸骨。启动人工心肺。停止心跳。切除患部。替换人工血管。——用医学术语说，这叫侵袭行为，以治疗的名义威胁、伤害人体。然而威胁、伤害人体的行为不仅仅是外科手术，从服饰美学的历史可以知道，从中世纪到现代，服饰美学也在对人体发动着侵袭行为。欧洲贵妇人的束腰裙子，战国武将的沉重盔甲，画在部落酋长脸上的颜料，嬉皮士背上的刺青，贞操锁、裹脚布、假发、假睫毛、假牙，硬邦邦的胸罩、尖尖的高跟鞋……从某种意义上说都在折磨着人体。

我的大脑很不争气地开了小差，把手术和服饰胡乱地搅在一起。等回过神来，发现温厚的颖田部长和严肃的别府医生，两双眼睛都在盯着我。

"可是，为了不破裂……后半生要是瘫痪了可划不来啊。……您想，谁不希望腿脚利索地生活呀。"

我吞吞吐吐不知该怎么说好，义雄在一旁，一直垂头不语。

"在手术中，患者处在麻醉状态下没有意识，但是医生的天职就是为患者做到尽善。在这一点上请一定相信我们。"

颖田部长目光如炬，他的过早变得斑白的头发似乎就是一种信誉的标志。

"让我们……回家……再……再……考虑一下……"

义雄像公鸡打鸣一样，伸长脖子，把声音从喉咙挤出来。

"然后……决定……"

颖田部长和别府医生都轻轻地叹息了一下。

"那么，就请您尽快吧。"

一对看起来胆小、懦弱的老夫妻，双双起立，鞠躬告退。

第三章

焼

野

"嫂子，您在家吗？"

从院子的那一端传来谁的喊声。

是星期天的午后。

拉开客厅的隔扇，穿过走廊去开门。门外站着义雄的弟弟辰雄夫妇。

"哎呀，稀客稀客。"

"按了半天门铃，也不见来开门，就失礼地喊起来啦。"

"真对不起，门铃的电池耗光了，还没来得及换呢。最近老忘事。"

小叔子夫妇住在本州岛的山口县，经营着一个小建筑公司，两个人都很勤快，听说日子过得蛮不错的。义雄的妈妈原来和他们住在一起，后来膝关节生了病行动不便，住进了离辰雄家不远的老年人疗养院。

"最近哥哥身体还好吧。妈妈老惦记着，催了好几次，非让我们过来看看。"辰雄的妻子智寿子在玄关一边脱鞋一边说。

"辰雄，妈妈最近老念叨哥哥，是不是呀。"

一向不太爱说话的辰雄附和着点点头。

虽然是亲兄弟，但是两家的来往并不那么频繁，加上相隔那么远，平时都各自忙着。弟媳这么一说，才想起来，的确是很长时间没有给妈妈打过电话了。

做母亲的，对儿子的直觉真灵。

义雄走进客厅，正在喝茶的辰雄夫妇，看到义雄的样子都吃了一惊。

也许托了杂谷饭和蔬菜的福，义雄虽然瘦了许多，但并不是那种营养不良的虚脱。每天生活在禁烟、禁酒和对动脉瘤的担惊受怕中，无论在肉体上还是精神上，义雄的"变形"是掩盖不了的。

时隔半年之久，沉默寡言的弟弟和发不出声音的哥哥又见面了。很生涩的语言交流。我把千万向妈妈保密的前提条件提出来以后，才把义雄的病情说出来。

智寿子的嘴里说出了石原裕次郎的名字，她曾经是裕次郎忠实的"追星族"。那位风靡一时的影坛、歌坛双栖明星，后来死于弓部大动脉瘤破裂。

"也就是说，哥哥也得了那种病？"

智寿子一脸难以置信的样子。

"听说比癌症还可怕。可是，哥哥的不会破裂，对吧。"

智寿子看着辰雄的脸。两个人找不出合适的话，都沉默着。这次来访，只不过是为了了却妈妈的牵挂，没想到从哥哥这里听到了那么意外的消息，辰雄夫妇一时间不知如何是好。

"那么，什么时候做手术？"

我们始终拿不定主意的决断，被智寿子认为是理所当然的事情问起来。

"公司里还有许多事情没打理，时间……"

我代替义雄回答。

"可是，无论怎么说，这是生死攸关的事呀……"

智寿子也好像代替沉默的辰雄说了一句。

可是，就算接受手术，也不得不面对那百分之五的死亡概率，更大的概率还有记忆障碍和下半身瘫痪什么的。或许，和死亡比起来，义雄更害怕手术之后自己从此失去记忆，变成了一个十足的白痴。

如果人死在手术台上，什么事都会一了百了。会计师事务所的人会来公司理清账务，用经营者的死亡保险金还上银行贷款和员工的薪水、补贴什么的，公司理所当然地宣布破产，关门大吉。但是，万一义雄变成了一个废人，他和他的公司也就成了沉重的负担。类似的话，义雄虽然没有说过，但是他心里一定无数次地想过，权衡过。

"公司的事情是打理不完的，对吧？哥哥。"

义雄没有回答弟媳，默默地喝茶。他的喉咙，咕的一声怪响。

医院打来过电话，催促的口气，希望尽快决定做手术的时间。还说起过，有的患者在做手术之前突然不辞而别。动脉瘤平均每年在常态下膨胀零点五厘米，那些临阵脱逃的患者们，后来的命运可想而知了。

这个时候，辰雄抬起头，开始说话了。

"说起动脉瘤……"

义雄、我，还有智寿子同时把目光转向辰雄，有点吃惊地看着他。

"也就是动脉硬化引起的吧。"

"是的，是那样的。"

"哥哥的情况是，医生说不做手术就治不了，是这样的吗？"

"不光是你哥哥的情况，只要是大动脉瘤，除了手术之外，没有更好的选择。"

"要是改善血管的动脉硬化，让瘤子里的血栓溶化的话，可不就有效果了吗？时下不是正在流行一句话，叫作：哗啦哗啦，畅通无阻的血液。是这样说的吧。"

小叔子意外地较起真儿来。大家都在静静地等他的下文。

"我听说过，有人没做手术就把腹部动脉瘤治好了。"

"什么时候？谁？"

智寿子追问道。

"不就是卖电器的高野君吗。有好几年了。"

"哎呀，我也想起来了，是'高野电工'商店的男主人吧，我也听人说起过他得病的事。"

"不会是静脉瘤吧？"

我确认了一下。静脉瘤的治疗方法我也听说过，不需要像动脉瘤那样考虑血压的问题。

义雄也插话进来。

"去问……一问，那个人。"

辰雄夫妇被哥哥嘶哑的声音吓了一跳。

"问……一问，是……动……脉……瘤吗？"

义雄的脸涨得通红。

"不过，'高野电工'商店已经倒闭了，他们一家回到了乡下。好像在濑户内海的什么地方。"

智寿子又追问：

"真的是治好了吗？不会是在故乡已经死掉了吧。"

"高野君在医院做过检查，还拍了什么片子，的确让医生吃惊了，说是瘤子越来越小。"

义雄被辰雄的话打动，伸长脖子还想问什么，我替他插问了一句：

"那位叫高野的，用了什么治疗方法，你听说了吗？"

世界上给人治病的地方不光是医院。民间疗法呀，替代疗法什么的，也有它的可信度。偏方治大病的传奇故事我也听过不少，不可全信，也不可不信。现在，辰雄说起的那个叫高野的人，我的态度仍然是信疑参半。

"听说，那个人是东洋医学界的神秘人物，他给高野君采取的是食物疗法，开了一道食方，食方上写着一日三餐必吃的东西，不论好吃不好吃，高野君每天坚持吃。后来，他又去了一个温泉疗养院，听说是在长野县，效果也很好。"

智寿子好像又想起什么来，补充说：

"有一次因为什么票据的事，我给'高野电工'打过一次电话。高野太太接的电话，好像说，她老公去了一个很远的温泉疗养地，一时半会儿回不来什么的。"

自从诊断出动脉瘤以来，第一次谈起了和手术治疗相反方向的话题。仿佛在暗夜中行走的旅人，看到前方的火光，那火光尽管很遥远，很渺茫，但是它让旅人看到希望。

辰雄夫妇在家里待了不到两个小时就回去了。想留他们吃晚饭，被拒绝了，大概是不愿意给患病的哥哥添乱吧。

"可能说了一些不那么靠谱的话，希望哥哥您不要太当真。总之，一定要留意身体。"

分手的时候，做弟媳的反反复复说了一通寒暄的话。她似乎还是希望义雄不要放弃手术。倒是弟弟辰雄理解哥哥的心情，他说：

"刚才提及的那件事，我回去再打听打听。在业内我还是有几个朋友的。"

辰雄说的业内，是他们的建筑行业吧，建一套房子，可不只木匠这一个行当。除了木匠之外还要有盖瓦的、装玻璃的、排电线的、刷油漆的、铺榻榻米的、布置庭院的，等等。他们通常被称作职人，懂行规，人脉广。

"谢……啦。"

义雄居然很客气地向弟弟施了一礼。

弟弟、弟媳走了之后，义雄把他的笔记本电脑抱到客厅里，嘟的一声打开了。

傍晚的时候，义雄把我从厨房里叫过去。

有什么事吗？问他，也不回答，神秘兮兮的。他用手指着桌子上的电脑屏幕，示意我看。

屏幕上显示的，是从因特网上检索出来的一张温泉场的图片。

郁郁青山的一角，像被烫出一块疤痕似的裸露出一片岩石，在岩石丛中有强烈的白色烟雾喷出来，一看就知道那是火山地带特有的景色。照片里映出了木造的大浴场的样子，还有许多人乘凉般躺在铺了席子的岩石上。不是洗温泉，而是岩磐浴。大概拍的是夏天的风景，拍摄角度是鸟瞰，那些穿着单薄、横七竖八躺倒一片的人，看起来像密密麻麻的小虫子似的，有一点让人恶心的感觉。

"这是哪里？"

义雄轻轻触了一下鼠标，屏幕上"烧野温泉"四个字出现了，仔细看看，是长野县的一处偏僻的深山老林里的某个什么地方。

"岩磐……浴……，……日本……第一。"

义雄的回答非常简洁明了，网上的介绍也一目了然。那里是一个康复型的温泉疗养院，围绕着大浴场建了几座集体宿舍，还有一些小单间，小单间里有自炊设备，可以长期驻留。虽然不是正规的温泉医院，但是有医务室，还驻有专职的护理师，对入住者进行健康管理，指导温泉疗法什么的，每周二次，山脚下的医院还会派医生上来，巡回看病。

"这里……怎么样……"

义雄的嗓子鸣叫着，征求我的意见。

泉水成分表也登在网上，是高浓度的酸性泉水，

pH之低在全日本应该是数第一。

　　泉源的温度是九十八摄氏度。一分钟约有八千公升的泉水喷出来。这样的喷水量在日本列岛上也是不多见的。而且，泉水里含有镭元素，在山谷的中心部有五千多镭放射粒子。通常医院里照射癌细胞用的镭粒子数在八千左右。这里的谷地是天然的抗癌福地。

　　去那里疗养的温泉客，大都是带着病体去的，病症除了癌症之外，还有心脏病、糖尿病、脑梗死、血管功能障碍、皮肤病等等诸多疑难杂症。他们中间一定有被医院判了"死刑"的病人，怀着最后的希望到那里寻找一线生机。

　　看着电脑上的画面，我忽然想起去年温泉旅行的光景。为什么义雄那么执着地要接近火山口的危险地带，难道是一种本能吗？我听说过一些动物受伤了，会本能地跑进深山，吃一些对它身体有利的野草呀树叶呀什么的。

　　"这里……怎么样……"

　　义雄等着我回答。

　　你的病和人家的不一样，我不太相信动脉瘤用温泉疗法能改善。

　　当天晚上。

　　在浴室里边，我正在用吹风机吹头，义雄急急地走进来，把电话的子机往我手里一塞。

"喂喂，是嫂子吗？"

是辰雄打来的电话，一向稳重的他，口气变得急迫起来。

"嫂子，想说的是今天下午提起的那件事。"

电话里辰雄说，他回到家以后就打电话和一些朋友联络了。

"福元食养院。记住！"

辰雄一字一句把福元食养院几个汉字说给我听。

"我和修水管的朋友打了电话，从他那里听说高野那家伙曾经告诉过瓦匠，说的是福元食养院的事。于是，我就又给瓦匠打了个电话，瓦匠有一个侄女得了脑瘤，瓦匠去高野那儿求教，高野就把福元食养院介绍给他了。"

辰雄在电话里要强调的是，瓦匠的侄女按照福元先生的食谱吃了两个月，一检查发现脑瘤缩小了一半。

"那么就是说，已经治好啦？"

"嗯，瓦匠说他侄女现在身体挺好的，无需手术。"

没有比这样的消息更有说服力了。

"我现在把福元食养院的电话号码告诉嫂子，请拿笔记一下。"

我找出铅笔，把辰雄说的号码记在一张挂历上。

从电话区号上看，是鹿儿岛的一个什么地方，挺远，不是轻易就能去的地方。于是又向辰雄问了问怎么个食养法。说是可以通过电话指导，也可以登门指导。

最后，辰雄在电话里说：

"瓦匠的侄女，一边在医院治疗，一边食疗，相辅相成。"

可是义雄的病，除了手术没有什么能在医院治疗的了。

趁午休的时候，在大学的研究室里给福元食养院打了一个电话。

现代医学中，科学治疗方法尚未解决的领域里，总是活跃着所谓民间疗法。科学与疑似科学混淆，人类的智慧与无知并存，治病救人的善举与趁火打劫的交易同在。

食养院是什么地方？那里在做什么研究？有什么设备？

"您好，我是福元。"

福元食养院大概是一个叫福元的人经营的吧，显然院长就是福元本人，电话里的声音听起来热情、老练。我拿不准对方的年龄，也许三十来岁，也许五十出头。不知为什么，觉得他的声音与鹿儿岛的印象统一不起来。据那位瓦匠给辰雄介绍，这位叫福元的人在中国苦学过中医，又留学纽约进修西洋营养学，对日本古代的饮食文化也颇有研究。他的饮食疗法可以说是古今中外无所不包。

"啊，是动脉瘤呀。我这里有两个治疗病例。"

仿佛是不以为然的回答，那么轻俏的语气让我觉得他是从美国学来的。

两件病例中，一个是下行动脉瘤，一个是腹部动脉瘤。腹部动脉瘤的患者也许就是"高野电工"店的男主人高野吧。

"我们家里的，瘤子长在后胸，叫弓部大动脉瘤，直径约六厘米大小。医院说要切除……"

"塑料管子、车胎什么的用旧了必须要换新的。但是人体里有再生功能。这是人体奇妙的地方。"

福元院长的回答有一种江湖游医般的口气。

"可是，人体里不是也有不能再生的部位吗，比如说患了虫牙……"

"所以，在此之前通过食疗，杜绝患上虫牙。但是血管和虫牙、和脱落的头发、剪掉的手指甲不一样，血管里长了瘤子，并不意味着血管死掉了。"

简洁、明快的回答。但人体是多么复杂的一个系统啊，说得越明白越让人心生疑念。

"想打听一下您有什么样的治疗方法……"

"无论是癌还是动脉瘤，无非是细胞松弛，结构扭曲，长成畸形。能使细胞变得紧绷、有弹力的物质在食物中存在，通过改善饮食就可以起到治疗的效果。"

可是细胞是怎么变得松弛的？人的肉眼看不到，肉眼能看到的只是癌细胞不停地扩散，动脉瘤不停地膨胀。

"比如说，糖是松性的，糖吃多了会破坏血。盐是紧性的，炒鸡蛋的时候加点盐，鸡蛋就容易成形。咸菜也是恢复细胞弹力的东西。"

福元院长大概认为，把食疗法与厨房连在一起，会更容易说通一位女性吧。可是门外汉的我，却奇怪地想到，与盐比起来，炒锅的热度不是更容易让鸡蛋变硬吗？

"不能吃油。"

福元院长态度很坚决地说。

"是因为油的卡路里高吗？"

"不对，油有浮性，导致血管里的瘤子膨胀。"

让人一头雾水的说明。

"您刚才说过，盐可以使细胞变紧，可是盐摄入过多不是导致血压升高吗？"

"含有矿物质的天然食盐不会让血压升高。也就是说，优质的盐，味噌、酱油都不能因为担心咸而减量。"

黑色的食品是阳性的，可以使细胞紧缩。白色的食品是阴性的，让细胞松弛。比如米饭，要吃黑米、红米、紫米，不吃白米。蔬菜要以根茎类蔬菜为主，比如牛蒡、萝卜、藕、胡萝卜。

"可是，萝卜是白色的。"

"加盐、酱油一煮，成阳性啦。"

言之有理，我不由得点头称是。

白糖为阳性之极，绝对不能吃，面包和水果也是病人的禁物。醋也是阳性，对病人不利，使用醋的话要用阳性的梅子醋。日本菜是阴性的，番菜、乌龙菜是阳性的。总的来说，冬天的蔬菜普遍显阳性，使细胞收缩；夏天的蔬菜普遍阴性，使细胞松弛，让人体容易发汗。

"西瓜是夏天的代表果类，最好不要吃，天热，想吃了，就拌点盐吃。"

"和煮萝卜放盐一样的道理吗？"

"是的是的，您慢慢地就懂了呀。"

"哈哈……"福元院长像缺氧般朗声大笑起来。

笑声戛然而止，福元院长接着说道：

"其实，让全身细胞紧缩的最有效果的方法是叩齿动作，舌尖顶住上腭，轻轻叩动牙齿。吃口香糖也可以，让嘴巴做咀嚼动作。"

并且电话里还推荐了一种牙科手术中指定的口香糖，说那种口香糖不含添加剂和甜味料。

感觉到这边有疑虑，福元院长接着说明：

"人体摄取的食物，是在咀嚼状态下进入人体的，伴随着咀嚼动作，人体的内部分泌系统会产生各种有效反应。蔬菜和海藻类是绿色的吧，那是因为它们的血是绿色的，血里含有绿色素。人体的血是红色的吧，那是因为血里含有血红蛋白。我们通过咀嚼把蔬菜、海藻类的绿色的血变成自己红色的血，在反复的咀嚼中，完成了细胞成分的转化过程。目前，我们正在做这方面的研究。"

在咀嚼中，完成了细胞成分的转化过程。这句话给我留下了很深的印象。

"长期坚持，就会使体内的细胞增强活力，恢复健康。"

不知不觉，自己已经被对方给说服了。说明还在继续。

"以前，铁匠铺里打铁的声音听到过吗？"叮叮当当，铁块越敲打越结实。口腔内的叩齿动作与打铁很相似呀。上下两排牙齿轻轻叩动，会像电流一样刺激全身，用物理学的术语说，叫整序化。"

"整序化？"

不太明白，福元院长于是又打了一个比方。

"请想象一下，往脸盆里放上一把火柴，火柴棍横七竖八地堆成一坨。这时候持续敲打盆沿，砰砰砰，不一会儿火柴棍都整整齐齐的自动排好了。"

我的眼前仿佛出现了一只脸盆，被一只手砰砰拍打着。医院有医院的说服力，民间疗法的独特之处是，讲道理直白、通俗。

"别看叩齿是个小动作，对身体可有大作用呀。"

讲道理的口气一转，电话的那一端开始问起患者的病情来。

"您丈夫在服用降压药吗？"

"是的，血压有点高。"

"好吧，我告诉您一个方子，请记一下。"

原料是干香菇，煎制方法也不难，煎好的汤，可以储存在冰箱里，早晚各饮半杯，血压正常时可以不喝，血压升高时喝下半杯，眼看着血压就降下来，立竿见影。

电话咨询是收费的，半小时为一次，一次收费三千日元，走银行账户。既不推销什么贵重的草药，又不兼卖各种营养品，和医院比起来相当便宜。难道仅仅这样就能治疗那要命的动脉瘤吗？

"细胞发生变化最少需要一星期，一个月之后逐渐再生。每三个月为一个疗程。"

就像是在游泳俱乐部里，教练给学游泳的孩子做计划表，福元院长想表达的意思是，一定要有耐心。我一边听一边看手表，希望在最后的时间里追加一个问题。

烧野温泉的效果怎么样？

"岩磐浴吗？的确很不错。加快体内新陈代谢。只是要注意姿势，一不小心会被岩石烫伤。"

三十五分钟。咨询结束，超了五分钟，也没多要钱。

回到家，把福元食养院提供的方子递给义雄看，义雄满腔喜悦地读起来。从那天傍晚开始，义雄的口里发出了咚咚的叩齿的音，伴随着咀嚼的动作，晚饭中凡是入口的食物都是在无比耐心的细嚼慢咽中过关的。难以置信的是，那天的晚饭，义雄既没噎着也没有咳嗽。

晚饭后，坐在收拾利落的饭桌前，和义雄的"笔谈"开始了。

"食疗+烧野温泉之旅，以三个月为限。"

和我的预想差不多，不到万不得已，他不会考虑手术的。

"但是，别府医生一直在等回信呢，怎么向他说呢？"

"手术申请到九月。

这期间哪怕缩小一厘米。

取消手术！"

我看了一眼义雄的脸，又把目光投到纸上。

"放弃手术、专心食疗。

"坚持叩齿。

"禁酒禁烟。禁生鱼片禁烤肉。"

"就算这样。"

我不冷不热地回道——

"结果一厘米都没有缩小的话，就必须去做手术吧。因为已经别无选择。"

次日，给烧野温泉打了电话。

前台服务生的回答是：旅馆已经住满了，现在只能等待。

需要等待多久呢？

"截至今天，有五六十名客人正在预约等待中，最早也得等一个半月，迟的话也许二三个月呢。"

真是生意兴隆啊。预约不到具体的入住时间，义雄和我都不太好安排手头的工作。刚刚结束的术前检查让我们品尝到了遥遥无期的等待的滋味。

温泉疗养也是需要疗程的吧。问了问服务生，回答说，温泉和岩磐浴至少要连续两个星期才能感觉到效果。还说，有些等不及的客人就投宿到山脚下的旅店里，每天做一个小时的巴士到山上来疗养。

"无论时间多长，只要等，我们就能排上号，是这样的吗？"

对方被我的固执劲儿逗笑了。

"按说是这样的，短期的预约还比较好办，二周以上的预约只有死等。"

烧野温泉是有名的温泉疗养地，来自全日本各地的预约都有，旅馆房间的紧张度可想而知了。

常言说得好，越有阻碍越有期待。也许在长长的等待当中，义雄心里希望的种子才会萌发出来。

义雄继续在纸上写着。

"等吧。大学的暑假还早着呢。"

义雄已经想着让我趁暑假期间陪他去烧野温泉呢。

义雄冲我笑了笑，写道：

"能赶上你的假期最好不过。我随时可以请假休息。"

自从义雄发不出声音以来，他和员工的交流只能笔谈，会议、谈判等等用嘴的事大都委托给手下去做了，事务所里也开始慢慢适应这位老板的"无言"的存在了。

一个月以后，在没抱任何希望的情况下，接到了烧野温泉打来的电话。那边说是预约在前边的一位客人临时取消了预约，于是空出一个双人间，可以使用两周，问我们要不要。正好暑假刚刚开始，我说要。

不久，又收到了从烧野温泉寄来的住宿通知和宣传画册。看着山谷中的岩磐浴场上，或坐或躺的像白色的蛆一样的人——病人的照片，想到不久义雄也会像一条白色的蛆一样混迹其中，那里寄托了无数人对生的希望。猜不出来那该是一种什么样的心情。老实说，我是一个所谓现实主义者，至今，我的人生中一次也不曾有过寄希望于别的什么上边。

按照义雄所说的，把做手术的时间预定在九月份。趁午休时间，估计别府医生不在的空档，我往医院的心脏外科办公室打了电话。要是别府医生知道手术是九月份，一定会生气吧，因为他一再叮嘱我们手术要尽早做。

义雄心情不错，早早开始做旅行的准备了。

出发之前，我给远在加利福尼亚的女儿惠美打过去一个电话。

"那边都好吗？"

"是的，吉弗利很好，艾米丽很好，公公婆婆很好。马儿们、羊儿们、猪儿们，大家都好。你们那边怎么样？"

汇报完了之后，惠美关切地问起这边的情况。我说一切如常。

"那么，爸爸的身体呢？"

女儿对义雄的事特别问了一句。

"哎，托你的福，爸爸的身体结实着呢。"

我还补充了一句说：

"暑假里计划去一次长野的山地，做一次温泉旅行呢。"

"真不错，那儿一定很凉快吧。"

"和你爸爸两个人一起去。所以，家里会空出一段时间来。"

"知道了。今年夏天这边很忙，原打算回一趟日本，看来是回不去啦。刚开春的时候，牧场里生了三十二头小马驹，没人照料可不成。"

惠美的身边，站着三岁的外孙女艾米丽，惠美把电话放到艾米丽的嘴边，让她给姥姥聊两句。

"My name is Emily, I never forget you。"

艾米丽奶声奶气地说着。

"Me too. Please kiss me!"

艾米丽把嘴唇贴在受话器上，我听到一个清楚的kiss的声音。

七月下旬的一天早上，带着不多的行李，我们赶往福冈机场。

因为是暑假期间，候机大厅里人山人海。我们排进长长的队伍里耐心等着，快到搭乘口的时候，义雄忽然放下旅行包，扯开拉链找东西，不会是找不着机票了吧？一问他，说是忘了买水啦。飞机上的水是冰水，太凉，义雄不敢喝。

"忍一忍，到羽田机场再买不行吗？"

"忍不……下去的。"

不等我再说什么，扛着旅行包就向候机厅另一边的小卖店走去。好容易排队排到前头了，他却突然离开，让我等也不是，走也不是。忽然想发火，真想对他大喊一声。可是这个念头刚一出来，立即就熄灭了，现在的义雄已经不单纯是我的丈夫了，也是一个患者，我不得不顾忌我的火气会随时把他引爆。医院里曾发给我一本《如何关爱患者》的小册子，上边说，患有心脏病和血管病的病人大都属于A型气质。

据说一个美国的医生，从心脏病患者坐椅子的姿态上发现了疾病和气质的因果关系。大凡心脏病患者都变得性急起来，坐椅子坐得很浅，显得很没有耐心。

A型气质的人上进心强，干工作热情，但是急躁，爱发脾气。

那本《如何关爱患者》的小册子上，建议A型气质的人：笑口常开，慢声细语，优哉游哉，宽容大度，随遇而安。

我站到队列外边，一边等义雄，一边看周围的来来往往的人，我的目光集中在他们的胸部，就像拍X光片一样，我看见了每个人的心脏。

大小如同他们的拳头。

奇妙地一下一下的在抖动，砰、砰、砰。

这个小小的动力装置，每天排放八吨的血液，八吨的血液，一吨的卡车要用八辆来拉，装汽油罐可以装四十罐。心脏日夜不停，不知疲倦地排放血液，一天八吨，一个月二百四十吨，正好和奈良大佛的重量相等。

那些站着排队的人，仿佛是一排人形的树，树的血液是无色透明的，人的血液是红色、浑浊的。红色、浑浊的血液从心脏开始分枝，由粗到细，网状分布。树们一棵一棵地通过安检门。

义雄那棵树走过来了。

躲开、躲开、躲开，他是一棵会自动爆炸的树。

一瓶矿泉水就让他心平气和了，看着义雄瘦长的脸和日渐稀薄的头顶，一阵伤心，觉得这个男人真是可怜。如果此次烧野温泉无果而归，医院里必有一场酷刑等他消受，抑或等不到上刑，动脉瘤提前破裂，就会让他像个血人一样顷刻之间崩溃。

由东京乘新干线北上，前往松本。

出站的时候是午后四点，移动距离差不多超过半个日本，但是夏日的太阳依然高悬着。从松本站换乘电车进入北阿尔卑斯山的腹地，一路看过枪岳、穗高、烧岳等大大小小的山峦，兀自卧在云天之下，默默守着一片亘古的荒凉。

在荒凉的山间隐藏了一个叫烧野的小站。出了站口，早有一辆接站的面包车等在那里，面包车的车体上是烧野温泉的广告喷绘。连我们在内，一共有八个人一起上了面包车。

面包车在青冈木的原生林间气喘吁吁地穿行，一路盘旋而上，路是沙砾路面，车体不断地颠簸，有几次放在行李架上的旅行包被颠下来了。

不久，绿树丛中像一块伤疤一样的岩场出现了，岩场里不断地喷着浑浊的烟雾，朦朦胧胧的烟雾之中有几桩古旧的旅店的房舍。峰回路转，面包车拐进一条更窄的山道之后开始向谷底盘旋而下。沿着一条冒着水蒸气的温泉河走了一段，车子总算停了，在宣传册子和因特网上看过的那座建筑出现在我眼前。

我们下车，外边还有一批提着行李的人等着上车，显然他们是疗养期满，坐这辆面包车去电车站，然后打道回府了。接送客人的面包车早晚各一次。

在玄关处进进出出的都是肩上扛凉席的人，腰带上系着擦汗的毛巾，背后挂着大水壶。这种打扮活脱脱就是一群无家可归的丐帮人物。他们中有男有女，都是洗岩磐浴的房客吧。

外边天还亮着，但是已经接近晚上七点了。温泉就在旅馆里边，随时可以洗。岩磐浴在山谷里，离旅馆还有一段距离。义雄忽然又性急起来，想在天黑之前洗一次岩磐浴，在前台办完入住手续就匆匆去二楼找房间。旅馆外观上是一座旧建筑，里边的装修倒也不落伍，因为人气足，内部扩建的部分用回廊连成一体，回廊像章鱼爪一样，四通八达，好不容易才找到了我们的房间。

换上T恤衫和运动短裤，准备了饮料、浴巾，装在一个小背包里。义雄就像一个等待上场的拳击手一样。

下到一楼的小卖店，买了一张凉席扛在肩上，我们立即就和周围的人们融为一体了。

外边的路上也是三五成群扛着席子往来于岩场的人们。随着人流走，不用担心迷路就走进山谷里去了。先是看到一条淌着温水的小溪，沿着小溪上行，溪流逐渐变宽。溪水是金黄色的，非常漂亮，让人联想到春天油菜花的田垄。空气中有硫黄的气味弥漫着，像煮鸡蛋的气味。气味越来越浓了，岩场也越来越近了。

拐过一个大岩石，温泉的溪流变成了一片池塘，像快要煮沸的一锅热水，池塘里冒出无数大大小小的气泡，升腾起袅袅的白色水雾，形成一个巨大的雾蒙蒙的空间。在这个温融融、潮乎乎的空间，横七竖八躺着一片人体。

侧卧的，仰卧的，趴着的……

一个四仰八叉成大字状的人体，太阳帽遮着脸。

像龙虾一样蜷腿卧着的人体，也许病灶在腹部吧。

据说，这里是镭粒子浓度最高的地方，人们在这一带见缝插针地放倒自己。不知内情的人看了，真怀疑这是尸横遍野的战场。

这里有人的头、人的胸、人的肚子、人的手和脚。

一不小心绊倒的话，不是碰着张三就是砸着李四。

身体们一动不动地躺着。

身体们差不多是把"人"的概念彻底忘掉了似的，一动不动地躺着。

"走……啊。"

走在前边的义雄转过脸，牵着我的手，好像怕我一后悔转身跑了似的。他一手扛着席子，一手牵着我，寻找着"安身"之处。

不由得想起新编歌舞伎《岛根山殉情》的场面，耳边回想起净琉璃的几句歌：

风吹枯柳

死到临头

不对不对，现在我们不是去寻死，而是在求生。

从塑料大棚一样的空间里穿过，山路变得平缓了，大约又走了十几分钟，看见一片有奇形怪状的岩石的荒滩，白烟从岩缝间喷出，伴着隐隐的轰鸣从地下传来。

这里像传说中的地狱河滩，也布满了人体，和刚才不同的是，这里的人体不是静躺，而是把身子不断地翻来翻去，像烧烤柳叶鱼一样。或许是岩石上的温度过高吧。

天呐，人活在世上真不容易，被一身皮囊拖累成这个样子。无上的神呀，您就开开恩吧，可怜可怜这一片生病的肉体吧。

"去那……边……"

义雄终于在荒滩的尽头找到了一块可以铺开席子的平坦之地。他一边转动脖子察看地形，一边从背包里取出照像机。

"站那……里，拍……照。"

真要命，在这样的地方义雄还有好心情拍什么纪念照。

我们所处的位置是岩场的边缘地带。离我们不远的前方，就是禁区了，有木栅栏挡着，木栅栏上还挂着醒目的提示牌，写道："毒瓦斯高浓度区，禁止入内。"

我把手放在岩面上试试温度，热乎乎的正合适，凉席上边又铺上一块浴巾，我们脱掉鞋躺了下来。

啊，心情真是不错。我四平八稳地躺着，义雄的胸部和背部避开地热，侧躺着。天空那么高远，山谷那么辽阔，仅仅一张榻榻米的大小就把我们容纳下了，但是我们却躺在浩渺无垠的宇宙里，躺在永恒的时间里。

义雄闭着眼睛，安安静静的。

"后背没事吧？"

义雄平展着额头，依然闭着眼。

我坐起来，看谷底的风景。我清楚地意识到，在这一方自然风景里，有一颗叫义雄的心脏在嗵嗵嗵地跳动着，心脏的律动连着一颗直径六厘米的圆形的瘤子在颤抖。心脏、瘤子，和山谷里的树、草、岩石，成为一体。

"舒服……"

义雄自言自语，像说梦话。

来自大地的热量如同电流一样缓缓地导入人体，人体和大地相通了，人体的五脏六腑都受到了来自大地深处的"暖意"。但是岩磐浴是有时间限定的，一次不能超过四十分钟，超了，就会产生反效果。在岩磐浴中打盹睡过了头，因地热的低温而烫伤的例子也不少。义雄仿佛很有经验，每隔几分钟他就翻转一下身子，不用让我提醒。我仰望天空，脑子里空空荡荡的，真像做梦一样，早上还在自己家里悠闲地吃着早餐，现在竟然躺在北国信州的旷野里。

想起一句很悲情的短歌。

老死他乡，曝尸荒野

说的是一个穷困潦倒的人，死在神户那一带的荒野。

太阳西坠，霞光把天空装点得很妩媚。此刻福冈的天空会是什么样子呢？博多湾该涨潮了吧。

天空滑过一两只鸟影，是鹰在头上盘旋。不知道在鹰的眼睛里，山谷中的人是什么样子。

赶在夕阳落山之前，我们从岩场返回旅馆。

去食堂吃饭。晚饭是自助餐形式，看了看种类，还真不少，单是米饭就有十几种，以五谷杂粮为主。菜肴以鱼和时令蔬菜为主，菜单上很详细地注明了热量、盐分、糖分、油脂的量。

义雄端着托盘在饭菜之间徘徊，按照福元食养院推荐的食谱，他选好了自己的晚餐。无论洗温泉还是岩磐浴都消耗大量体力，食堂的墙壁上的建议栏里，建议大家一天摄取的热量不要低于四千千卡。食堂里很静，一眼就看出来病人模样的病人们，体形消瘦、肤色黯淡，默默地吃着，他们的主食差不多都是玄米饭。

义雄每吃下一口饭都要停住筷子，咀嚼一百次然后吞咽下去，他差不多已经培养出了这种好习惯。但是看看周围，和义雄一样耐着性子细嚼慢咽的患者，大有人在。

食堂就像一处演习吞咽食物的道场似的。

义雄一边咀嚼一边侧耳听旁边的人说话。

"要想治好病，每月都得来，十天八天的不会有效果的。我每月来住两周，已经坚持了一年啦。最初自己一个人来不了，求人帮忙用轮椅把我推来。不到半年，我一个人就能来了。"

说话的男人吃过晚饭叫了一杯茶，一边喝一边和同桌上的人闲聊，他的头发稀少得可以数得清，显然是服用抗癌药的缘故吧。

"因为每个月都来，所以在这里也结识了一些朋友，每次见面都发现他们的脸色变化了，变得健康了，有活力了。在这里大家互相鼓励。"

有人问了他一句，听说这里老是客满，房间不好订。

"单间没有的话就订大通铺，大通铺没有就订自炊宿舍。都不行的话，到山下的村子里租一间民房，村里为了方便来疗养的人，有空房间出租。白天上山，到傍晚下山。"

看来路子真不少。

"比在医院治疗花的钱要多一些，可是，这样做是在拯救自己的生命呀。对生命还有什么舍不得的。"

那个男人淡淡地说着。他穿着一件缩水的灰色棉布T恤衫，显然有些年头了，看起来挺寒酸。

"您冬天也来吗？那时候这里的雪下得很大吧？"

"冬天也照常来。冬天这里不通巴士，我坐雪橇来。"

"坐……雪橇。"

义雄吃了一惊。

"无论春夏秋冬，对我来说这里一年四季没有变化。"

"可是岩磐浴好像不行吧，人不能躺在雪地里呀。"

"不，就算是下雪的冬天，大家一起努力，总有办法的。"

听说是穿着长筒胶靴去岩场的，用雪堆出雪墙，上边搭上简易的帐篷，人们在雪中小屋里感受地热。这一带是国家级森林保护区，禁止搭建任何建筑物，简易帐篷则例外。

"可是，很冷吧？"

"这，你就是外行啦。大家挤在一起，地热加人体的温度，不但不冷，还会出汗呢。"

冬天的长野是著名的雪国，难以想象那些绝症患者竟冒着豪雪走向山谷、岩场。

但是，越是患重病的人，越是意志顽强。

那位男人又用淡淡的口气说，他得的是肺癌，晚期。

"癌是可以治好的，你要有信心哟。"那个男人对着义雄笑了笑。他可能是以为义雄患了喉癌。然后他又指了指自己旁边的几个人，说：

"此人是脑梗死的后遗症，此人是心绞痛，此人是糖尿病。"

"是的，是的。"

三个病号笑嘻嘻地看着义雄。

晚饭后两个小时以内禁止洗温泉、禁止岩磐浴。

九点之后，去洗旅馆内部的温泉大浴场。在玄关处和义雄分开，他去男池，我去女池。

女性专用浴场里有两个池子，一个是纯粹的温泉水，一个是半稀释的温泉水。纯粹温泉水很刺激，泡在里边感觉身上像有电流通过，泡长了皮肤会红肿，以三分钟为限。我先进了纯粹的泉池，一边忍着硫黄气泡的刺激，一边歪着脑袋盯墙壁上的挂钟。

来洗温泉的人，大都是先在纯水里"过"一遍之后就到半稀释的泉水里泡着去了。泡在泉水里的女人们，她们的身体几乎都受到了"侵害"，手术的疤痕无情地留在她们身上。有的疤痕在乳房上，有的在小腹上，有的纵切，有的横切。有一个年轻女孩，脑袋后部露出一道道红色的疤痕，应该是脑肿瘤吧。因为服用抗癌药，一个中年妇女的头发全部掉光。还有患皮肤病的女人，后背上长出古怪的红斑。但是所有人都那么坦然，毫不掩饰自己身上的"丑"。

把服装比喻成人体最外侧的皮肤的，应该是那位叫作西蒙·菲斯的心理学者吧。

除了洗澡之外，人在一丝不挂的裸体状态下，心里会产生一种说不清道不明的紧张感。我曾经给学生们布置过一个作业，让她们回到自己的房间里，赤身裸体一个小时，然后把感受写下来。她们的感受中有一个共同点就是：虽然知道不会被人看见，还是心里不安，或者羞于看见最真实的自己的身体。有的人坚持不到半小时就把衣服穿上了。

以"回归自然"自居的Nudist——裸体主义者，曾经一度流行，被视为时髦，也令世间哗然。但是我相信那些什么都不穿的勇敢的男女们，他们走上街头旁若无人的样子并不意味他们有什么爽快感。旁若无人的样子一定是假装的，而内心一定是焦躁、不安，是虚怯，是自以为是的变态。

也许，烧野温泉就是那些患者的最外侧的皮肤。

我为自己的这种观点感到沾沾自喜。现在这些来入浴的女人们如此心情坦然，是因为她们被烧野温泉这一枚无形的皮肤包裹着。烧野是她们共同的最外侧的皮肤，在皮肤之下，她们已融为一体。没有惊讶，没有轻蔑，没有厌弃，没有敌视，她们是一个有机体。

义雄也是这个巨大的有机体中的一分子了吧。

从浴池出来，一边闲逛一边等义雄。旅馆外边，森林黑漆漆的，和夜色融为一体，山地的夜，黑得那么纯粹、苍茫。

义雄出来了，样子很精神，额头透着光泽。回房间的路上，义雄说起在浴池里又巧遇了食堂里一起聊天的那几个人，他们相约今天夜里还要去洗岩磐浴。不知谁的经验，说岩磐浴一天两次最有效果。

"什么，今晚？几点？"

"十……二……点。"

"岂有此理！"

真不知道他们那一伙人是怎么想的，难道忘了外边是深山老林吗。

"深更半夜的，睡到荒山野外？一路上连路灯也没有呀。"

因为是国立公园，岩场周围既不让盖建筑物，也不让扯电线，这些他们应该知道的。

义雄一脸愠色，沉默着。

回到房间，我拉出被子躺倒睡觉。义雄也扯过一条被子围在腰间看电视，电视里只有NHK一个频道，我知道义雄一向不喜欢看电视，他只是在打发时间。大约十一点刚过，他就开始收拾东西，换上一套长袖的运动服。

"我可不去啊。"

我躺在被窝里赌气地说了一句。

"和……远山……先生……约好了。"

在食堂里遇到的那个人，是从山阴地方来的，名字叫远山吧。

"那么……我……自己……去了。"

虽然是夏季，东北山地的夜晚还是很凉的，义雄临出门前又套了一件夹克衫。

"等等……"

我的困意早就没有了。这时候我无论如何也不放心他一个人去。

夜深人静。左肩是凉席，右肩是背包，整装待发。

想不起来是哪一本书上写的，大意是：男人做了大臣，女人就是大臣的妻子；男人做了乞丐，女人就是乞丐的妻子。……好像是镰仓时代，一个武士的妻子写给她丈夫的信中，有这么两句。中国的俚语说得更明白：嫁鸡随鸡，嫁狗随狗。

　　竹篾的凉席卷成筒状，在义雄的肩膀上发出滋滋的寂寞的摩擦音。我在义雄的背后很不情愿地走着，离开旅馆五十多米，路灯就没有了，眼前一片黑暗，黑得伸手不见五指。

　　走在队列最前边的是远山，他手里拿着一把手电筒，在前边探路，光柱晃来晃去的，真担心和队伍走散。早知道有夜间活动，我也会在一楼的小卖店里买一把手电筒的。

　　没有月亮，夜空疏朗、高远，闪烁着几颗神秘兮兮的星子。泉眼里涌出的黄澄澄的温泉水，在身边的黑暗中哗啦哗啦地流着，记得白天看到过，溪流的外侧围着一道栅栏，要不，一脚迈进去，会把脚烫熟了。

　　硫黄的气味越来越浓，涩涩的。

　　去年的温泉旅行就被吓着过一次，这一次又被吓着了。不同的是，上一次的义雄还是一个强健的值得依托的男人，而这一次的义雄如同风前之烛，危在旦夕。义雄的手牵着我的手朝黑暗的谷底走着，我不知道从什么时候起，就再也不能被这只手牵着了。

　　还好，现在，这只手还是温暖的，有力的，紧紧地抓在我手里的。我凭着这只手的协助在黑暗中摸索。

　　忽然，义雄的脚被石块绊了一下，身体向前一踩，我的手被他狠狠地一拽。我禁不住尖叫了一声。还好，走在前边的人的后背有效地挡了他一下，并没有摔倒——风前之烛，火苗摇了一下，没有熄灭。

硫黄的气息中，泉涌的声音更响亮了，可以想象出金黄色的水花在激烈地翻滚着。

行走的速度慢下来，远山的手电筒小心翼翼地照着脚下的部分，因为道路两侧有人铺了席子，正安安静静地躺着呢。

"深更半夜的，睡这里……"

"夫人，在这里不分白天和黑夜。"

远山干枯的嗓子里发出一串笑声。

绕过喷泉口，又是无人的山道。仿佛是已经走进谷底，周围大大小小的石头的轮廓隐约可见。石间的硫黄的白色气体喷出来，白天不曾留意硫黄的气体从石间喷出时，也会有嘈杂的响声，如同地底传来狗的狂吠——不是一只狗，是一群狗。

绕过了白天见到的巨大的岩石，黑暗的前方，有一线光亮在闪动。

"我们去那个小屋吧。"

远山把手电筒的光柱投向前方透着神秘的光亮处。众人走过一座小木桥，一条保护路人安全的缆绳与木桥的栏杆连着，脚下的路也忽然变得平坦起来。硫黄的吠叫不绝于耳。

一个打着手电筒的人迎面走来，擦肩而过时发现，竟然是一位中年女性，肩上斜背着一卷捆扎好的凉席，孤身一人。

"晚上好。"

我们给她打招呼。

"晚上好。"

女人也和我们打了招呼。看来是洗岩磐浴结束了，正返回旅馆。她一丁点害怕的样子也看不出来，形单影只，消失在我们身后的黑暗中。

接近小屋时，听到了从里边传来的人声，很热闹的人声。从人的喉咙里发出的声音，显得那么温暖，那么亲切。我竖起耳朵听着，有男有女，说话声里夹杂着笑声。在深深的谷底，在无边的夜色中，在这小小的一隅，有人在，有快乐。

远山推开小屋简陋的木门，硫黄的蒸气加上地热，屋里像蒸桑拿浴一样。从中年到老年，大约有三四十人挤在里边。

穿着红色T恤衫的老年男人。

掉光了头发的中年女性。

汗流满面也不擦一下的中年男人。

穿着睡衣，睡衣外边又披着浴巾的老年女性。

用棒球帽着半个脸的中年男人。

各色各样的男人、女人。

裹着被热气蒸烤得皱巴巴、潮乎乎的衣服，以及和皱巴巴、潮乎乎的衣服里边的肉体决战到底的信念。

"还有下脚的空儿吗？"

远山像打招呼似的问了一句。里边传来了笑声。

"现在是盆满钵满！"

小屋里的确是没有立锥之地了。

"哎呀，哎呀，我们只好睡在屋外啦。对不起，打扰了。"

远山苦笑着抽身回来。

于是，依旧由远山带路，大家沿着谷底向前进发。身后的小屋里忽然传来了合唱的歌声，歌声乘着夜风在谷间回荡。

　　知床的海角
　　玫瑰花儿盛开的时候

听起来好像是那首叫《知床旅情》的流行歌。刚才见过的那些中老年男女们，临时组成了一个合唱团。

"哈哈，烧野温泉竟然唱起了民歌，真潇洒呀。"

是那个心绞痛患者的声音。

"地狱山谷的演唱会。出演者是胃癌、肝癌、肺癌、前列腺癌、脑梗死、过敏症等等患者代表。"

远山开了一个玩笑，把大家都逗乐了。

远山一边走，一边和着飘来的歌声轻轻唱起来。

> 躲在岩石的背后
> 我们紧紧拥抱
> 今夜花好月圆
> 还有你美丽的笑脸

忽然觉得远山的年龄比我想象的要年轻。被加藤登纪子唱红的这首《知床旅情》，是昭和四十年代的一首流行歌，和我年龄差不多的人都被感动过，对歌词记忆犹新。远山看起来比义雄大好几岁吧，或许是癌症的折磨，人显得老相。我不知道远山是哪个年代的人。

> 分别的日子终于来临
> 离开了罗臼的村庄
> 你走了
> 越过罗臼岳的山冈

小屋里的合唱已经听不见了，远山仍然轻声地唱着。

不知不觉，我们也老了，从哪一天开始我们变老的呢？难道是一夜之间？那些老人们才得的疾病无情地降临到我们的身上。因为这病才不得不来到这样的地方。我们的确是老了，仿佛有一只冷冰冰的大手，从人群中把我们挑拣出来，我们再也回不到原来那个人群中去了。

下到河滩上，远山的歌声止住了。手电筒的光柱在黑暗中画来画去，脚下是沙砾和鞋底摩擦发出的怪叫声，喀嚓、喀嚓……

我们向岩场走去，那些令人怀恋的青春岁月，消失在身后的夜色里。

第四章

花儿，枯萎了……

义雄洗完澡，穿着浴衣坐在窗边。窗外已经是暮色来临，夕阳沉到远山的背后去了，一抹橘红色的晚霞正渐次变浅变淡。

　　烧野温泉笼罩在日复一日的黄昏的薄暗之中，四周安静，只有旅馆的玄关口，依然是人来人往。从窗口我能听到人们用各地方言互相问候以及杂沓的足音。

　　去洗馆内温泉的人，以及回来的人；去洗山谷的岩磐浴的人，以及回来的人；去食堂吃晚饭的人，以及回来的人；去小卖店的人，以及回来的人……烧野温泉的人们，晚上好。今天平安无事地结束了。明天，太阳照常从东边的山峦上升起。

　　来到这儿已经一星期了。也就是说，我们在这里的日子已经过去一半了。义雄每天差不多这个时候往事物所打一个电话，听一听工作上的事情，然后做一些指示。做指示的时候照例是把话筒转给我替他代言，最后不免还要向职员们重复那句：总之，一切都拜托啦。

　　住在烧野温泉，有一种与世隔绝的感觉。这期间好友梨江和弟媳智寿子都给我打电话联系过，但是这地方手机信号很弱，声音就像隔了几层玻璃传过来一样，听得模模糊糊。后来手机电量用光了，我就索性关机，手机一直放在旅行包里。

无论义雄、我，还是远山他们，每个人都是有家的，有亲人的，脑子里装了一堆事情的。但是住进烧野温泉，这一切都似乎被忽略了，不觉得那么在意了。是的，还有什么比住在烧野温泉重要呢。

义雄说，他觉得自己的体内，血液循环很流畅。

也许是心理作用吧，可是他说自己后背的压迫感减少了，显得轻松多了。我用手掌摸了摸，和以前不一样的是，他后背上那种发烫、浮肿的样子没有了。

我还发现，义雄的脸色比以前好多了，红润、有光泽，眼角和额头的皱纹也减少了。烧野温泉的滋润加上食疗和细嚼慢咽的好习惯，在义雄身上发生作用了吧。

义雄每天早上，都坚持去山谷岩磐浴，风雨无阻。

他走了之后，我还要在被窝里睡一会儿懒觉。对他的担心也比刚来时少多了，连接在他身上的那一条无形的"神经线"也松弛了。

悠闲地吃过早饭，回到房间又磨蹭了一会儿，我决定去山谷找义雄。从走廊底下的晾衣架上取下凉席，因为地热的蒸气，每次岩磐浴之后凉席会变得潮湿，所以很多凉席都放在走廊下晾晒。我把凉席卷成竹筒状扛到肩上，从玄关走出来。

通往岩磐浴的山谷有两条路，一条是较窄的近道，直接连着旅馆的玄关。另一条路比较宽，但是需要绕过旅馆前的停车场。

我今天颇有闲情，绕过旅馆的停车场，沿着那条宽道去山谷。

信州的夏日不像南方那么燥热。

在山谷的入口处，一片杂木丛林中，有十几辆面包车停在那里，那里像一个小型停车场。我觉得奇怪，走过去看了看。

树间扯了几道绳子，绳子上晒着男人的衬衫、短裤什么的。十几台车大致围成了一个半圆形，车的附近有水桶、脸盆，分类放置的垃圾筐、扫帚等生活用品。

我猜想他们可能是预定不上房间的疗养客，自己开车来，以车代房在这里安营扎寨了。再细看车牌，有青森、宫城、东京、奈良、和歌山，来自山南海北，有一辆车的后部还放着喂狗的盆子，也许是狗的主人牵着狗去岩磐浴了。

正这么想着，一条茶色的柴犬从不远的小树林里跑出来，从行动上看算是一条老龄狗了，狗脖子系着一条红色的"脖圈"，大概是"女士"吧。那条狗看见我，竟然很热情地跑过来，摇动着小尾巴。

"裕子，过来过来，去洗岩磐浴。"

一个肤色微黑的中年男子向狗喊着，一边走过来。

"它是叫裕子吗？真好听的名字。"

"是一条可爱的家伙，可惜患了糖尿病。"

"什么，狗也会得糖尿病？"

"当然啦，狗和人一样，有五脏六腑，和人一样会得病。"

那个男子说话轻声细语，让人觉得挺随和。忽然想起刚才看到的狗盆，也许就是裕子的吧。

"是从很远的地方来的吗？"

"从和歌山来的，开了自己的车。"

可不是吗，要是带着狗一起来，无论是飞机还是新干线都比较麻烦。

"您身体没事吧？"

"哎，我身体结实着呢。只是裕子需要疗养。"

男人用慈爱的目光看着那条走起路来懒洋洋的狗。

"裕子来这里有三个月了，托您的福，它的病快好了，下周就打算回和歌山了。"

在这里住了三个月，真不知道是怎么维持生计的。也许是自家经营了什么店铺，让家人打理着吧。

和裕子一起往山谷走去，硫黄的气味在风里飘着，金黄色的温泉水从泉眼里喷出，形成一朵硕大的水花，汩汩地翻滚。泉眼四周，躺满了人。

一走进谷底，裕子就习惯性地把鼻子贴近地面，一边嗅，一边走。

狗主人自信地说：

"正在找镭粒子浓的地方呢。"

难道狗鼻子能嗅到那种无色无味幽灵一般的镭元素吗？

"镭粒子数今天这里多，明天那里多，是有变化的，狗的鼻子灵，一闻就知道。"

在河滩的入口处和裕子"女士"分开。

山的背面，有四五个男人聚在那里，义雄和远山混在他们中间。他们在利用地热准备午餐呢。昨天我喝了他们用洋葱做的罗宋汤，那还是我第一次喝用天然的地热煮成的罗宋汤呢。

"喂，你们好。"

一边打招呼，一边向他们走去，今天他们打算做温泉鸡蛋，旁边的塑料盆里还有几个捏得很粗糙的紫米饭团子。远山正在一块小菜板上切"泽庵"咸菜。他看见我，说：

"马上开始午餐啦，夫人的那一份也预备了。"

他们一大早就来了，肚子应该饿了。义雄也忙着在凉席上摆纸杯和筷子。我拿出在小卖店买的小点心。

远山看见了，又笑着提醒大家：

"哎呀，鹿丸先生的夫人还凑了份子呢，看起来很好吃。"

于是大家都客气地道了声谢。温泉鸡蛋煮好了，一一放到小纸盘上。上午十点钟，他们的午饭就开始了，大家双手举起筷子一齐说道：

"敬吃啦——"

我还不饿，坐在外侧的凉席上看他们吃饭。我知道他们都不再年轻，而且，身染重症。在别人眼里看起来是苟延残喘。但是他们乐观、勇敢、有魄力，不屈不挠地和疾病缠斗着、抗争着。他们的人生态度是令人由衷地敬佩的。

我取出保温杯给义雄倒茶。患胃癌的老人问道："鹿丸先生喝的是什么茶？"

"中国福建省出产的天然乌龙茶。"

这是福元食疗院推荐的茶。

肝癌患者举着自己的杯子说：

"我喝的是陈年的粗梗茶。"

"陈年的粗梗茶？好喝吗？"

"有点苦，有点涩，但是对我的口味，习惯了。"

来到烧野温泉的人，大家最爱听的谈话内容就是交流经验，探讨对身体有益的食品、饮料。

"远山先生平时喝什么茶？"

"我喝中药茶。茶里有灵芝、枸杞什么的，味道也不错。"

远山先生是肺癌患者，癌症患者都有属于自己的"特殊"时间。也就是说，就算是被医生宣告为癌症晚期，患者也不是马上就会死掉。在死期来临之前，患者有足够的时间安排"后事"，自己力所能及的事情会尽量不留遗憾。如果不想坐以待毙，患者可以在医院的治疗之外，尝试各种民间医疗的偏方、秘方。

癌症可以让一个病人成为哲人，让病人感悟或者说顿悟一个复杂的哲学命题——人生。因为他有时间思考并且不由得不思考一下死亡、命运究竟是怎么一回事。

河滩的小道上，一条小柴狗朝这边走来，后边是狗的主人。

"那不是蜜柑山吗？"

胃癌老人说着。刚才我遇到的那个男人的名字叫"蜜柑山"。

"饭团子还有吗？那家伙很能吃。"

"还有还有，够他吃的。"

远山自言自语道：

"他的鼻子比狗鼻子还灵，只要有好吃的，他闻着味儿就能找来。"

叫裕子的小柴狗和他的主人走过来了。

"哎呀，哎呀，诸位今天看起来气色不错，身体最重要呀。"

大家对他热情洋溢的寒暄没有太多反应。有人把剥了皮的温泉鸡蛋还有红薯递给他。蜜柑山接过鸡蛋，一口就吞进嘴里，鸡蛋在嘴里嚼了一会儿又吐出一半放在手心里，小柴狗把嘴凑过来欢快地在他手上舔着。

远山说：

"这里还有饭团子呢。"

"啊，那我就不客气啦。"

不一会儿两个饭团子就被他狼吞虎咽地干掉了。蜜柑山看起来也不算个富有的人，吃住在自家车上，还要照顾一条狗，三个月下来真是够呛。从他吃饭的动作上看，觉得他是一个在生活上会精打细算的人。

吃完东西，蜜柑山慢慢地打开自己的凉席，又铺上一块浴巾。

他说："那么就开始吧。"

原来蜜柑山要给大家做按摩，他用这种方式回报一顿饭的恩义。首先是得胃癌的老人躺了下去，蜜柑山看起来动作挺专业，从后背到双臂、腰部、腿部，很耐心地揉捏起来。

"肩部比前几天软和多了。"

"啊——那儿最舒服。"

胃癌老人闭着眼，一脸陶醉。

蜜柑山有条不紊地施展着推拿手法。

胃癌老人之后，是心绞痛的患者，再接下来是远山。

周围很安静，只有硫黄的气体从岩石缝间喷出的声音，不远处，小柴狗很听话地卧在一块平展的岩石上。第一次看到了狗的岩磐浴。

"接下来到你啦。"

蜜柑山向义雄搭话。

"不……不行……"

义雄摆动双手。他的后背是危险的雷区。

"这个人，不可以的。"

我笑着替义雄拒绝了邀请，说：

"他的病医生要求不可以做按摩。"

"是这样的呀，那就对不起啦。"

蜜柑山露出一点遗憾的表情。

在食堂用过晚饭，很多人聚集到一楼的大堂里看电视。晚饭之后的一段时间禁止洗温泉，禁止岩磐浴，所以房间里没有电视的人，都来这里看电视。也有人在房间待得寂寞，来这里凑热闹。

电视里播放的是NHK的怀旧歌曲特辑，青年时代的越路吹雪正在投入地演唱《爱的赞歌》。和越路吹雪像奶酪一样白白嫩嫩的脸形成对比的是，挤在电视机前一张张被疾病和日晒折腾得枯瘦干黑的脸。歌手躲在电视节目里，依然显得年轻、生动。但是，差不多和歌手同龄的这些观众们，无可逃避地老了，丑了，而且病了。

电视上出现了越路吹雪的脸部特写，高高的颧骨、被假睫毛和厚厚的眼影涂盖的大眼睛、鲜红的嘴唇。不幸的是，电视节目之外的她五十来岁就因患胃癌去世了，那么红极一时的歌星也是说死就死了。

擅长唱民歌的三波春夫和村田英雄登场了，这些枯瘦干黑的脸一阵兴奋。

"两个人都那么年轻啊。"

"是很早以前流行的歌曲吧。"

电视上的两个人意气风发，年龄大约四十岁，或者五十岁，是当年十分有人气的一个歌手组合。不知道为什么忽然觉得两个人的表演中多出了他们那个年龄段里不该有的轻浮、造作的东西。

每个年龄段都有适合那个年龄段的表情、举止、衣着。但是三波春夫和村田英雄，永远是年轻人的表情、年轻人的举止、年轻人的衣着，丝毫不同情一下在时光中和他们一路走来的歌迷们。

黑瘦的容颜们一边看，一边感叹唏嘘。

轻浮与造作是年轻人的特质，放到年轻人身上就没有什么可指责了，我回想起义雄青年时代的面孔。

那是一张朝气蓬勃的、洋溢着青春活力的脸。

那时候的义雄，活泼、顽固、充满自信，一天到晚有使不完的劲儿。像一只小老虎一样的他，当然也少不了有毛手毛脚的时候，有粗心大意的时候，有暴跳如雷的时候，有垂头丧气的时候。然而他年轻、强壮，爱说爱笑，爱激动。

随着年龄的增加，义雄的脸慢慢地变得不再那么生动了，变成了一张老成持重的脸，所谓的喜怒不形于色。如今，对突如其来的疾病的忧虑，让义雄的脸很微妙地扭曲着。如今，义雄的脸是一张布满老年人特征的脸了，像一张陈旧的细麻料的布衫，布衫上沾着疲倦的油污。但是布衫的麻丝曾经是簇新的，闪动着鲜亮的光泽，就像世阿弥的歌舞伎《风姿花传》里唱的：

花儿，枯萎了……
花儿曾经美丽。

节目最后的时候，电视里播出了三波春夫和村田英雄晚年的样子。

三波春夫站在舞台上，依然衣着光鲜，但是他只是一束假花了。

三波春夫患前列腺癌，坚持活到七十七岁。

村田英雄在六十七岁时做了一次心脏血管手术，此后不久又因糖尿病综合征而切除了右腿，四年后，同样糖尿病的原因，左腿也被切除。又过了两年，在七十三岁时辞世。

现代医疗技术让人哭笑不得的是，为了让一个老人多活几年，就可以名正言顺地为他做心血管手术，并且切除他的一条腿和另一条腿。晚年的村田英雄也是形容枯槁，稀疏的白发索性全部剃光，变成和尚头。深陷的眼窝里，两颗大眼睛，目光呆滞。

　　花儿，枯萎了……
　　花儿曾经美丽。

他的脚是装的假肢吗？或者是坐在轮椅上？电视上只露出了他的上半身。

"两条腿都切除了呀。"

"糖尿病患者该受的罪他都受了。"

不是事不关己的说闲话，是发自内心的同情。

义雄在房间收拾东西，今晚照旧是和远山他们结伴去洗岩磐浴。

义雄走后，我洗了几件衣服，然后坐在房间里发了一会儿呆。想去泡温泉，一看表，正是人多的时候，决定再晚一个小时去。

去一楼的小卖店买回来一份晚报躺在榻榻米上看。本地新闻栏上报道了一个小学二年级男生在山间走失的事，上百人的搜索队正在山上进行拉网式搜索。这个季节山上有熊出没，孩子的处境很危险。

读了一会儿报纸，感到眼皮发涩，头沉沉的。也许是强酸性温泉的效果吧，身体有一种微微发烫的感觉。似睡非睡的当儿，听见在黑暗的谷底里行人的脚步声，看见手电筒的光摇来摇去。是寻找失踪男孩的搜索队，还是义雄他们？迷迷糊糊的，正想追过去，突然足音和光束都不见了。

"喂——"

耳边响起了那个男人的声音。

我大吃一惊，回过神来的时候发现自己正伏在一块血红的地毯上。啊，我怎么又来到了这里，穿着和上次一样的衣服，绾着和上次一样的发型。刚才还感到微微发烫的皮肤，忽然起了一层鸡皮疙瘩，一阵阵发冷。

这里是哪儿？这里是世界的底层的底层。

抬头望去，房檐上没有天空、没有月亮、没有星星。这里是世界的底层的底层的一处妓院吧。

"喂——还没准备好吗?！"

像雷鸣一样的吼声。

回头看去，上次在梦里遇到的男人，披着袍子坐在那里，手里拿着长长的烟杆，他一边往烟斗里塞烟叶一边说：

"我在问你呢！还没准备好吗？"

男人目光如炬，很生气的样子。

两个人仿佛在演舞台剧一样。

"请等一等。"

我背对着他怯怯地回答。

"闭嘴，我已经听够了你的辩白！"

我在梦里感觉到，这个男人被我深深地激怒了。

第一次见到这个男人，是义雄入院检查的第二天的晚上。这么说他已经等了我两个多月了，难怪他会那么生气。可是我仍然不能顺从他，我还有我要做的事情。

"你过来。"

我的身体在瑟瑟发抖，依照他的吩咐，挪动膝盖向他靠拢。我仍然不知道我为什么沦落到这里来，我也记不清曾经向这个男人许诺过什么，让他一直等着我。

这个男人是谁？他凭什么要对我发号施令呢？他既不是要买我的身子，也不是来讨债，我想不起来，他究竟为什么理直气壮地来到这奇怪妓院的似乎属于我的房间里……

和上次一样，男人盘腿坐着抽烟，烟袋锅里的火光忽明忽暗。

我低着头，看见男人赤裸的、硬邦邦的脚指头。我又忍不住产生了那种奇怪的冲动，想扑上去舔一舔他的脚指头。

"你想舔我的脚指头吧。所以我说让你过来。给，这是你喜欢的脚。"

男人一边说，一边把脚伸过来，放到我胸前。

仿佛有数不清的、洁白、透明的小虫子，麻酥酥地爬遍我的全身，我情不自禁地抱住男人的脚。

我像小狗一样匍匐在男人的胸前，男人一边用他温厚的大手抚摸我的后背，一边说：

"舒服吧，要是和我在一起，每天都让你舔我的脚。"

男人的大手在我身体上温柔地滑动，摸遍了我的全身。最后，他用手轻轻地梳理我散乱的头发。当他的手无意间触到我的耳际的时候，我蓦地记起，在很早很早的从前，我的确和这个男人有过一个什么约定——

"我们能结为夫妻吗？"

"能。"

"那么，我一定来娶你。"

"好，请一定来啊。"

"你要等我。"

"我愿意等你。"

"不要忘了我。"

"天地合，乃敢与君绝。"

难道天与地合为一体了吗？我落在黑暗的深处，上不
见天，下不见地。男人为了那个遥远的约定一直在等着我。

令人恐惧的男人渐渐变得亲切随和了，他把我揽
在怀里。我感到自己的身体好像被蒸发的液体一样，一
滴一滴地融进他的血液，融进红色的地毯，地毯像一片
血的池塘。

"不要忘了我呀。"

我在男人的体温里蒸发。

"我们要结为夫妻。"

"好，天地合，乃敢与君绝。"

我在梦里答应了他。

岩磐浴回来的路上遇见了蜜柑山。他开着车要去
什么地方。

"上来吧，我带你们去个好地方。"

蜜柑山从车窗里探出头来，说。

蜜柑山的旁边坐着远山，远山的膝盖上坐着裕
子。车上还有一个叫松崎的老人，是个胃癌患者，整天

低头不见抬头见，也算是熟人了。

　　看看手表，上午九点半左右，不知他们要去哪里，不妨同行去看个究竟。

　　"要去什么好玩的地方吗？"

　　我问。

　　"也就是去兜兜风，打发时间呗。"

　　远山转过头，嫣然一笑。

　　蜜柑山开着车沿着曲折的山间公路向山下驶去。离山麓还有一段路程的地方，车子拐进一条小道，沿途能看到梯田和散落山间的农家。

　　车的后部堆放着蜜柑山的毛巾被、枕头、衣服，小型的吸尘器、洗脸盆、手纸等生活用品。靠着这些东西他硬是在这里生活了三个月，为了护理一条小狗。

　　"请尝一尝。"

　　松崎老人打开一个塑料袋，里边装着红糖黑豆糕、紫米饼干、藕粉糖。藕粉糖对嗓子有益，义雄捏了一块放在嘴里。

　　"过了桥，向右转。"

　　松崎老人给蜜柑山提示方向。入住烧野温泉的客人们大多数都没有车，所以蜜柑山成了临时的的士司机，他为客人提供方便，同时挣点小钱贴补生计。

　　山路越来越窄，山路的尽头连着一户农家的晒场，蜜柑山的车子径直驶进农家的晒场。

晒场的木栅栏门上钉了一块木板，用红漆写着几个大字。

国产优良之伞菌

"到了，到了。"

蜜柑山指了指那块木牌。原来这里就是他说的"好地方"。

"是来买伞菌的吗？"

我问身边的松崎老人。

"正是。伞菌的天然成分，可以直接攻击癌细胞，提高人体免疫能力。但是它和抗癌药完全不同，人工抗癌药是地毯式轰炸，消灭了癌细胞的同时也破坏了健康细胞。伞菌只对癌细胞发挥威力，被称为'神草'。不好把握的是，根据原产地不同，伞菌的功效也不一样。"

松崎老人显然是个内行人。

远山说，巴西产的野生伞菌最好。

"但是，在日本也有好品种，被医科大学培植出来，在各地种植。这里卖的伞菌原产地在福冈县。"

这里的农家和原产地的栽培者能拉上关系，所以成为代理销售点。

"比市面的价格便宜三成。这里还不太有人知道。"

松崎老人压低声音神秘兮兮地说。

晒场里边，一座老木屋的玄关前，站着一个脖子上搭着毛巾的农夫模样的男子。松崎向他挥了挥手，显然已经是打过交道的。

远山对义雄说：

"鹿丸先生不打算买一点吗？要是钱不够，可以先欠着，改日送来。"

我暧昧地笑了笑，想出了一个拒绝的办法。

"我们就是从福冈县来的。"

"是吗，这么说回福冈也能买到。"

"说不定比这里还便宜。"

"嗯，那里是原产地嘛。"

松崎老人和远山两个人脑袋凑在一起，小声嘀咕了一阵，又数了一阵钞票，然后一前一后向农夫走去。蜜柑山半开玩笑地说。

"鬼鬼祟祟的，像是去买毒品。"

蜜柑山、义雄、我，还有裕子在车上等着。蜜柑山把车子开到一棵楠树底下，关了引擎。

"烧野温泉的客人们，经常光顾这里，一传十，十传百。"蜜柑山一边抚摸着裕子的脖子一边有意无意地说。

"松崎是这里的老客户了。"

义雄望着窗外，说：

"很……有……钱……赚。"

"说老实话……"

蜜柑山转过头来，看着我们说：

"我知道还有比伞菌更好的东西，那就是中国的《本草纲目》里提到的云南田七。野生的云南田七是天然的抗癌药，是击杀癌细胞的一流刺客。"

以前听说过，田七对肝病有效。

"岂止是肝病，野生田七具有多种神奇疗效。大到可以抗癌，小到可祛痛止血，身上哪里出血了，一抹，立竿见影，血停了。"

"田七原本是人参的一种，但是和高丽人参的形状不同，是块状的，在中国有一个俗名叫：金不换。是用金子都换不来的良药。现在，中国禁止出口呢。"

"这里的农家，有田七卖吗？"

"这里没有。可以向云南的药材商订购。不过，听说是天价。"

伞菌也好，田七也好，物以稀为贵，也是世间的常理。

"鹿丸先生想不想弄点田七试试？"

义雄很不情愿地说：

"我……不是……癌症。"

一不留神义雄泄露了自己的病情，在烧野温泉还没

168

遇到一个像义雄这样的"易碎品"，本来想一直瞒着。

"那么，你的喉咙怎么……"

蜜柑山不解地问。

"动脉瘤。"

为了不引起这位心地善良的狗主人的更多怀疑，我替义雄把病情挑明了。

"从心脏延伸出来的大动脉上长了一颗瘤子，瘤子开始膨胀了，压迫了神经，变成现在的这个样子。"

"可是，动脉瘤会破裂的。"

显然，蜜柑山对动脉瘤有所了解，他对义雄投来关切的目光。

"瘤子有多大？"

"六……厘米，这……么大。"

义雄用右手的拇指和食指弯成一个端酒盅的样子。

"现在……也许……变……小了呢。"

义雄怀着淡淡的希望说着。蜜柑山却像是受了什么打击似的，说：

"这种病不得了呀，温泉和岩磐浴都相当危险。"

"可是，他的血压一直很正常。"

"可是你没在温泉池里给他测过血压。这里的温泉是全日本数第一的强酸性，绝对刺激血管。"

真有点后悔把真相告诉了蜜柑山，让他担惊受怕，他是一个好心肠的热情的人。

"我的亲戚里也有人得过动脉瘤的病，什么结果我就不说了，总之，我奉劝你们马上打道回府。"

"我们征求过一个中医先生的意见才来的……"我把鹿儿岛的福元叫作中医先生。我的确不知道该怎么向蜜柑山介绍那个没有头衔的食疗专家。

远山和松崎从老木屋里走出来，手里提着纸袋。蜜柑山还想说什么，欲言又止。

回到旅馆，义雄和我都很郁闷。

刚刚松弛下来的警戒心又提到嗓子眼上了。

夜里，义雄正要准备去岩磐浴的时候，我们房间的门被轻轻敲响。我打开房门，廊下站着一位白发的老先生，我经常在一楼见到他，给人的印象是十分温文尔雅。

"十分抱歉在这个时候来冒昧地打搅您休息。"

白发老先生双手呈上他的名片，非常标准的弯腰施礼。

我看了名片，他是这家旅馆的负责人。我把他让进屋里，又是一通客套之后，白发老先生说：

"事情是这样的，今天我们接到客人打来的电话，是关于鹿丸先生的病情的……"

一种不妙的预感，我的脑际浮现出蜜柑山的欲言又止的表情。

"说是胸部的动脉瘤。是真的吗？"

那个打电话的人，一定是蜜柑山那家伙喽。要怪先怪我们自己，我们不说，他怎么会知道病情呢，而且，人家也没有恶意，担心义雄会出意外才向旅馆打了小报告。

"今年春天，有一位从岩手县来的客人，在岩磐浴的山谷里突然病情发作，结果死掉了。死因是腹部大动脉瘤破裂。救护车从山下赶过来需要很长时间，没等救护车赶到人已不行了。法医在做尸体解剖时，鉴定死因是腹部动脉瘤破裂。但是那位客人生前并不知道，稀里糊涂就死掉了。"

腹部动脉瘤离心脏远，手术比胸部动脉瘤要容易、安全得多。要是那位客人预先知道了自己的病情，他可能会听从医生的意见，选择手术吧，那样他就不会命丧他乡了。

"温泉疗养并不是包治百病。重度心脏病、恶性肿瘤、心血管病，这一类客人我们是不接受的，因为出了万一，担待不起啊。"白发老先生缩起身子，把头垂下来，说：

"拜托了，请两位不要生气。"

……

我回头看看义雄，义雄面有愠色。他的眼睛盯着我，好像在催促我想想办法。

"您的担心我能理解，可是事情没有您预想的那么可怕。我丈夫说他现在的感觉很不错，好像体内的瘤子收缩了似的。如果真的是缩小了，那么请允许我们住满预定的时间可以吗？"

老先生做思考状。沉默了一会儿，他说：

"这样吧。明天去护理师那里商量一下，然后拜托护理师联系山下的医院，给鹿丸先生做一次检查，检查结果出来之后我们再做决定。"

护理师的房间在一楼的走廊尽头，闲逛的时候我去过那里一次，从门口向里边偷看了一眼，冷冷清清的，只有一个中年妇女坐在椅子上，安静地排号。去那种地方和护理师、医生商量什么呢，正是为了躲开医院我们才不远千里从九州岛来到这里的。然而，眼下的处境是，如果不接受老先生的提议，明天一早我们就会从这里被"驱逐"出去。

次日，上午十点，我陪义雄去了护理师的房间。五十出头的护理师兼大夫立即给义雄把脉、听心音、测血压。结果，一切正常。

按照白发老先生的吩咐，护理师去隔壁的房间给山下的医院挂了一个电话。再次出现在我们面前的护理师，忽然变得神情紧张，他传达了医生的话：立刻去山下的医院接受检查。

山下的医院只是一个规模不大的乡镇医院，不可能有心脏外科，那位下指示的医生，也许只是一个普通的循环器内科的大夫吧。我问护理师做什么检查。

"拍一张X光片。"

仅此而已。

好吧，拍X光片也好，简单明了。

最初发现义雄的身体出现异常的，不就是在M综合医院拍下的一张X光片吗。

锁骨的正中间偏下，一个白色的小球一样的影子。

我一直记得那个和高尔夫球大小相似的惨白的影子。

所有的一切，从那个影子开始。

今天，我想再一次看到那个白色的魔咒一样的影子。

"在这里可以叫到出租车吗？"

往山下去的巴士，一天两班，早上的一班已经出发了，下一班要等黄昏的时候。

"出租车可以叫到，但是需要两个小时才能赶过来。"

护理师一边说一边从电话本上查找出租公司的电话号码。正在这时候，白发老先生走进来。

"车已经安排好了。"

旅馆外边，蜜柑山的面包车正在等着。看见我们从玄关走出来，蜜柑山抱着他的爱犬急忙迎上来。

"夫人，请不要怪我多嘴多舌，我真是为你们着想。"

既然这么"道歉"，我也无话可说。

蜜柑山的面包车缘山而下，一路疾行，不久开上一条人车稀少的乡村公路，拐进一个安静的小镇里。

小镇上唯一一家医院。破旧、萧索的平房建筑。

午后的候诊室空落落的，一个穿胶靴、泥瓦匠打扮的男子和一个系围裙的老太太，默默地坐在长椅上。此外再无别人。

义雄去拍X光片了，我抱着他的丝麻衬衫和挎包在X光片摄影室外等。蜜柑山坐在走廊的长椅上，小狗裕子卧在玄关外的树荫下。

我向蜜柑山走去。

"今天托您的福……"

"哪里哪里，举手之劳。"

蜜柑山一副若有所思的表情。沉默了片刻，他对我说：

"夫人，您可能也有所了解，最近，民间医疗很受关注，被大医院判定为绝症的患者，经过民间医生的手起死回生的例子我也听过不少。可是这样的例子带有很大的偶然性，患者也是不惜拿自己的生命当实验品，索性赌一把。我没听说过动脉瘤能用民间疗法治好的。所以，民间医生的话不能百分之百的相信，那样很危险。"

蜜柑山的忠告是有道理的，可是民间医生福元的指导，有没有效果，一会儿就能知道。

蜜柑山的职业是一位保健按摩师，他和兄长两个人合伙在和歌山的一个小镇上开了一家按摩院。明天，他就要回家了。

这时候，一个护士从诊察室里探出头来叫我的名字。

一位看上去十分强壮、似乎热衷于健美运动的中年男医生，正在给义雄号脉。医生粗壮的大胳膊搭在义雄黑瘦无力的细胳膊上，极不和谐。医生示意我坐下，说，X光片马上就送过来。

"血压和脉象都很正常，让人难以置信会是动脉瘤。"

医生在表扬或者说是在安慰义雄。

"经常……吃……杂谷米……细嚼……慢咽。"

义雄回答了医生并没有问及的问题，脸上写着沾沾自喜。

"是吗，这样挺好的。"

医生慢慢地点头，赞许的目光。

门被打开了，在接待室值班的女护士探进头来——

"塚本君的奶奶来过了，说香菇请无论如何收下。"

"啊，是吗，请替我向她老人家说一声谢谢。"

"还有一袋说是自家种的辣根。"

"好、好，知道了，谢谢了。"

护士关上门，医生很不好意思地向我们一边说着抱歉，一边在病历上飞快地写着什么。

"你们是从福冈来的呀。玄界滩的鱼很好吃呀。"

义雄说，没错。

"治好了病就可以享受那些鲜嫩的生鱼片了。"

护理师把X光片送来了。

医生接过来，挂在墙壁的荧光灯玻璃板上。医生一动不动地看着。

义雄和我也看着。

一目了然，我们输了。不用量也能看得出来，瘤子一点也没有缩小的迹象，圆形的惨白的影子，紧紧贴在血管壁上。和上一次高尔夫球的形状比起来，这一次的影子更像一只熟透的柿子，饱满鼓胀的柿子好像吧嗒一声就要落下来。

刺得人目痛的"柿子"摆出一副胜利者的架子，它逼真地挂在我们眼前，无情地嘲弄着我们时至今日所有的努力。

恶魔！……

第五章

鲤鱼粥

从烧野温泉一回来，就和K综合医院联系看病的事。

八月的盂兰盆节刚过。

心脏外科的接待室，今天一如既往是长长的等待的队列。患者和家属挤满了走廊上的长椅子，脸上带着难以名状的神情。义雄颇有耐心地挤在人群中排队，生怕被这里疏远了似的。折腾了那么一阵子，最后还是不得不失望着回来。上午做了CT检查，下午一直等着看结果，终于被叫到了名字，走进诊查室。

一进诊查室就见到了久违的别府医生，他正在把义雄的CT照片往桌前照明板上挂。去烧野温泉之前，我们把希望做手术的月份定在九月，提出申请的时候，别府医生正好不在场。

"是不是去了很远的什么地方？"

刚在椅子上坐好，就被别府不冷不热地问了一句。原来，我们不在家的这一段时间，他往家里打过好几次电话，也打过我的手机，统统没有人接。住到烧野温泉不久，我的手机电量用光之后随手就放进旅行包里，一直没有开机，难怪他联系不上。老实说，那个时候还真担心别府医生和我们联系呢。那个时候我们对未知的烧野温泉抱着彩虹一般的希望，那一道希望的彩虹挂在遥远的信州的天空上，我们飞向那里。现在想起来，在那弥漫着硫黄气味的山谷的日子简直是恍若隔世。

我们真的去了很远的地方。

"因为出了点不幸的事，我们去了乡下的老家……"

我扯了个谎，拉出一个借口。

"真有魄力啊，这样的身体，还敢出远门。"

别府医生瞥了一眼义雄，显然他的话里含着讽刺的意味。

"申请上写的是九月份，这没错。医院把手术的日期排出来了，但是却找不着要做手术的人了，几次电话都联系不上你们。所以，非常遗憾，鹿丸先生的手术日期只好往后拖了。你们应该知道，我们这里有多少患者排着队等着做手术。所以，您的手术日期要重新等待。"

义雄和我无言以对。

因为联系不上我们，别府医生颇为不快，所以说了手术延期的话，让我们懊悔一番。听说手术延期，义雄却松了一口气，好像躲过一劫似的，脸上露出一丝丝窃喜。别府医生看到义雄的表情变化，不由得困惑起来，于是他又补充说：

"可是，老实说，那颗瘤子也不允许长期放置。

十月，或者十一月，手术患者的顺序会做一些调整。"

然而秋冬两季气温的变化对手术患者的身体十分不利，紧急入院的患者也会骤然增多，要调整手术顺序也不那么容易。别府医生的表情看起来比患者本人还忧虑。

"不过，值得庆幸的是，瘤子的状态并没有进一步恶化，和初诊的时候没太大区别。"

别府医生调整了一下情绪，把目光转向CT影像上边，在烧野温泉的山脚下的小医院里拍下的，那一颗熟柿子形状的血瘤，在影像上排列成整齐的断层。

"尽管如此，也不能掉以轻心啊，血管壁还在剥落，仍然是危险状态。瞧，这里。"

别府医生用手指头提示的地方，有一层血管壁明显地变薄了，好像有血液渗出来。别府医生打了一个河堤的比喻，说堤堰上渗出水来，就意味着快要裂口子了，然后是河水决堤，一泻千里。

"那么，现在瘤子的大小如何？"

义雄、我都很在意瘤子的大小。

别府医生用一只手托着下巴，目测了一会儿瘤子的大小。

"直径没有变，应该没有增大。"

我松了一口气。陪着义雄千里迢迢去烧野温泉，苦行僧一般的日子熬过来，如果瘤子还是膨胀了的话，我真的是欲哭无泪。不过，如此那般的努力也只是换来个维持现状而已。我沉默着，胸口一阵郁闷。别府医生忽然拧了一下眉头，把手托着下巴。

"请稍等……奇怪呀，瘤子好像是比上一次缩小了呀。"

缩小了？义雄仰起头来。

"缩了……多少？"

"缩小了大约一厘米吧。"

别府医生的眉间凝成了一块疙瘩，他强调说，一旦膨胀的瘤子，只会越来越大，不可能越来越小。

"可是，的确缩小了，是吧？"

我不肯罢休地追问道。也许是通过温泉疗养，溶解了血栓使瘤子缩小了；也许是持之以恒的食疗和叩齿、细嚼慢咽、戒烟戒酒等等好习惯奏效了吧。仿佛是从沉重的暗云中间看到一线晴空，义雄也好像有点按捺不住激动，两只手紧紧地握在一起。

别府医生拉动一下喉结，自言自语。

"不会的不会的。只有切开，实际看一下才会明白。"

"可是，肯定不会有六厘米吧？"

"嗯——，五点五厘米左右吧。光靠影像是不能正确测定的。就算是直径五厘米，危险系数也很大啊。"

"如果，今后还在变小的话，会怎么样？"

为了义雄，我鼓起勇气继续追问下去。

别府医生颇不耐烦地看了我一眼，拿起身边一个小巧的电子计算器，说：

"你听我给你解释，今天你丈夫的血压是一百二十。这是一个不错的、标准的状态。所谓的一百二十，是指血压测量仪上水银柱的压力为一百二十毫米。"

别府医生的手指在电子计算器上飞快地敲打出一串数字。

"你能听明白吗？现在把水银和水进行换算，水银的比重是水的十三点六倍，这就是说，一百二十的血压相当于一百六十三厘米的高度。请想象一下喷泉，一口喷出高度为一百六十三厘米的动脉血的喷泉。"

说到喷泉，我居然想起遥远的往昔，牵着我女儿惠美的小手去公园玩耍的情景。那是一个晴朗的星期天的上午，我和女儿在公园里散步，绿莹莹的樱花树的叶子，银红的杜鹃，一大群灰色、白色的鸽子在广场上空盘旋。广场的中央是人工喷泉，泉水喷出来正好有一人多高。别府医生打断了我的浮想。

"在如此大的压力下，如果不用手术刀，动脉瘤怎么可能会自己缩小、自己消失呢？"

言之有理，我们哑口无言。

我们一直在期待的是，一种与常规相反的意外结果，这是病急乱投医的荒唐心态。

　　"总之，手术日期定下来以后会马上通知你们。这次要有一个稳妥的联系方式，让医院能通知到你们。"

　　别府医生不厌其烦地叮嘱了一通，总算把目光转向桌子，拿起钢笔在病历上写起来。

　　"已经决定要切除了吗？真遗憾呀。原以为你们能够坚持到最后。"

　　电话的那一头，传来福元阴沉沉的声音。

　　傍晚从医院回来之后，给鹿儿岛的福元食疗院打了一个电话，把从烧野温泉回来的原委说了一下。我们让福元失望了，可是，我们不知道今后还能怎么坚持，往哪一方面努力。

　　"我说过，食疗三个月为一个疗程，一个疗程之后才可能出现改善。所以，我希望你们再坚持一下，等一个疗程之后，去做个CT检查，到那时候再决定也不迟。"

　　他的口气好像在埋怨我们半途而废。

　　"您以前提到过两个动脉瘤患者，他们一直坚持下来了吗？已经痊愈了吗？"

"瘤子缩小了。"

"缩小了几厘米？"

当然，我是冷冷的质问的口气。

"准确的数字写在他们的病历上，我记不清楚了。但是医生已经告诉他们没有做手术的必要了，只是每半年一次，去医院检查，看看情况。截至现在，他们都没出什么异常。"

福元淡淡地回应，好像这都是他预料中的结果。

"我希望您先生至少要坚持三个疗程。人身上的病不是一朝一夕患上的，同样也不是一朝一夕就能根除掉的。养病需要时间，也就是所谓'病来如山倒，病去如抽丝'。这和医院的手术切除不是一样的道理。"

我差不多又开始被他说动心了。

"即使打算做切除手术，那不是还没开始吗。假如十一月份实施手术，这期间还能进行一个疗程呢，为什么不坚持下来呢。"

是啊，就算不相信食疗能治好动脉瘤，可是医院的检查结果不是已经证明了义雄的动脉硬化有明显的改善吗？如果义雄本人愿意继续接受食疗，我自然没什么反对意见。

"我……坚持……食疗……"

义雄的心中，仍然燃烧着希望。

十月，大学开学了。

我们的生活暂时又回到了以往的日复一日的样子。早上一起出门，义雄把我送到电车站，然后径自去他的事务所，我换乘电车去学校。总之，在医院没有通知我们手术日期之前，我们不打算改变这种我们早已适应的"常态"。

在这种"常态"里，我迎来了每年惯例的出差的机会——差不多每年这个时候，我都有两三天的时间住在东京，参加一年一度的"国际纤维样品展览会"。展览会上能看到来自世界各地的服饰材料，收集到纤维业界的最新情报。大学的被服系会从中选出用于设计的服饰材料。

这次出差令我很为难。自从义雄得病以来，我没有一次离开他超过二十四小时以上。因为在我眼里他的身体随时可能发生异变。

"你要去出差。"

义雄在纸上和我"笔谈"。

"你知道我们每天分开几小时？"

"每天至少十个小时不在我身边。"

我看着义雄的脸，一天十个小时不在他身边

吗？……义雄的奇怪的计算方法。义雄握着圆珠笔，看了一会儿我的脸，然后又写道：

"两天只有二十个小时不在一起。"

"从周一到周五，有五十个小时不在一起。"

义雄不是对我有意见吧。

"所以，就算不出差，也在离开我。"

"所以，为什么不去出差呢？"

"如果，你不在的时候，我，破裂了。"

"那是我命该如此。"

正如人家说的，双职工家庭提倡夫妻平等，连打扫走廊都应该各扫一半。就算是专业主妇也不可能保证把所有的心思放在他身上。万一正巧我出差期间他破裂了，也的确算他命该如此。医院会主动和收尸的人联系的，自然有人会找到我，无论我在家，还是出差在外地。

然而这样的话只能在心里想，不能说出来。义雄以为他巧妙的计算方法有足够的理由说服我，让我放宽心去东京出差。他收起圆珠笔，起身回卧室睡觉去了。

我对着义雄坐过的空椅子，恨恨地发起牢骚来：

我们是一套组合家具，拆开了会成什么样子呀。

难道你是讨厌我吗？

随随便便想死就死，那可不成。

中午的课上完之后，我约了稻叶梨江到校外，去一家意大利料理店吃午餐。

饭后，我们又叫了原味咖啡。在喝咖啡的时候，我把不能去东京出差的苦衷告诉了梨江，并且希望她能帮助我。

"对于我丈夫的病情，我不想让学校知道太多。如果私下找到替我出差的人，问题就不难解决。"

如果在教授会上提出来，肯定要说清楚不能去的理由，仅仅说是有脱不开身的家事，很难通过。所以思前想后觉得直接求梨江帮忙比较靠谱。另外，这次出差还有纤维系的一名女老师，两个人同行不会觉得寂寞。

"没问题，我也一直想找机会去纤维样品展览会看看呢。"

梨江很爽快地答应了，她从随身的小包里取出记事本，确认自己的计划表。

梨江出差的那两天，她有六节课必须得暂停，改到别的时间补讲。但是补讲是一件挺麻烦的事，要和教务处商量日期和教室，还要考虑到学生们的校园活动和打工的时间。

我知道，我会给梨江的工作添不少麻烦。

"让我抽出时间替你代课吧。"

"不行呀，你知道怎么拿针、怎么使剪子吗？"

梨江笑起来了，她能想象出来我那笨手笨脚的样子。梨江说：

"不用操心我的课了，我会和学生们商讨出一个好办法来的。我替你出差这两天，你最好是待在家里给你老公做点可口的料理。"

梨江的热情让我无话可说。

"你们家的鹿丸先生是个好人呀。"

这话听起来，好像是和她家的稻叶先生做了对比似的。我说：

"鹿丸是个挺任性的男人，虽然没有什么特别坏的地方，但是称不上是个好老公。"

我这么说，也是间接地夸一下梨江的老公，常听她说那位政府公务员出身的稻叶先生，性格十分随和。梨江忽然把脸转向了一边，沉默了。

"你说鹿丸先生任性，也许是人家心里没有内疚的事，没有向妻子隐瞒什么。做事光明磊落的男人都会任性的。"

话题转向了出乎意料的地方。梨江的目光有些飘忽不定，她用两只手把玩着那只墨绿色的咖啡杯，咖啡的热气从她手里袅袅升起。

"我曾经和你说，稻叶在天神地下街倒下过，差一点没命了。"

好像是很久前的事了，现在梨江又重新提起来。我记得梨江说过，稻叶先生一只手捧着他的心脏，从天神地下街跟跟跄跄走上来。

"我说过那是在他下班回家的路上，其实不对，他去地下街的目的是和他相好的女人幽会，幽会之后发生了那件事。那一天正好是圣诞节前夜，他背着我买了礼物，专程去送给那个女人，还想着和她共进晚餐什么的。我好像有预感，就打电话给他，叫他无论如何都得回家吃晚饭。这样他才和那女人分开，急急忙忙往家赶。"

我和那位稻叶先生未曾谋面，只觉得那是一位温和的好好先生。听了梨江这意外的"爆料"，稻叶先生的形象愈发模糊不清了。

"女人的预感是很灵验的。那天，他被送往医院时，已经很危险了。救护人员从他口袋里翻出他的手机，从电话记录里寻找家属的联络电话，电话记录里有两个女人的名字，一个写了我的名字，还有一个叫什么什么子。救护人员也许想过，这两个女人究竟谁是妻子呀。"

结果，救护队员分别和两个女人都通了电话。于是两个担惊受怕的女人在医院的急诊室里碰上了。

"后来，我常常想，稻叶把自己的心脏拿在手里，

190

从地下街爬上来，当时会是什么心情呢。"

梨江的目光斜斜地投在咖啡杯里。古铜色的、浓浓的咖啡。

"听说，人在预感到死亡来临时，会首先想到自己最亲近的人。稻叶的脑子里出现的人，是刚刚分开的那个女人呢，还是在家里做好晚饭等他归来的妻子呢？……也许他既没想那个女人，也没想我。他只想着他的心脏，没有比心脏更亲近的了。"

梨江把咖啡一口吞下。

"……"

"一直以来，在生活上他难道不是你的好帮手吗？"

我想劝梨江的是，人一辈子谁都有犯糊涂的时候。

"但是，他不该我隐瞒我那么久，要是不暴露，他还会一直隐瞒下去。虚伪，他在家里的表现都是装的。"

按梨江的观点，义雄在家里的表现倒是一个对妻子忠诚的实心丈夫了。

梨江答应替我去出差，并说下午就去教务处办理交替手续。从料理店出来，感到比进来时心情还要沉重些。花心男人，一听起来心里就添堵。

下午的课是和梨江一起上的。一走进教室，梨江就忘掉了所有的不愉快。半个月之后是秋季作品发表会，到时候学生们自己设计的作品要让专业的服装模特们穿上去T型台。我和梨江穿梭在学生和塑料模特之间。

所谓服装设计、制作，从整体上看无非二种方法。

古代人做衣服，尽量不裁断布料，用完整的一块布和着人体的轮廓包拢起来，基本上不用什么扣眼儿、挂钩、拉锁。像一面帐子一样的服装，宽松、自然。人体在衣服里有流动感，比如印度人的Sari（沙丽），朝鲜人的Chima（契玛），还有日本传统的Kimono（和服）。

另一种方法是欧洲那种做工精良的西服的做法。

西方的裁缝师们把立体的人，分割成若干平面，比如胸部、背部、腰部、臀部，在平面上还要考虑细节。他们就像是在人体上搭盖建筑和雕刻。无论是瘦得像芹菜一样的女人，还是胖得像啤酒桶一样的男人，不量尺寸，再高明的裁缝师也下不了手。

曾几何时，欧美的服饰工艺成了时代的流行，并且苛刻地审视着人体，把人分成高人矮人、胖人瘦人、长腿人短腿人、丰胸的人、细腰的人……人不知不觉成了服装的崇拜者，成了服装的奴隶。从这一点上说，西式服装不符合所谓人性化。但是，学生们那么兴趣盎然地投入他们的精雕细凿之中，他们在为想象中的最完美的人体设计着。

安安静静的教室，窗明几亮。

学生们缝着，剪着。

阳光投到作业台上。卷尺、针线包、彩色粉笔、布丁……

我拿起一块喜欢的布料贴在身上，对着镜子看。一枚薄薄、新鲜的"皮肤"。忽然想到，如果义雄的身体能够拿到被服系的作业台上来修理多好呀。……咔嚓咔嚓，像剪一块厚厚的防水塑料布一样剪开他的皮肤，膨胀的瘤子用红色绸布包上，把破裂的血管用化纤的丝线缝上，针脚密密地，缝合得结结实实。然后涂上强力胶把胸部的切口粘上，再用熨斗熨得平平整整。

一瞬间回过神来，嗨，胡思乱想什么呢。

下课了，初秋的暖融融的夕阳。

义雄的脸慢慢变白了。

我不知道这究竟是怎么回事。

我的推测是，在烧野温泉的岩磐浴晒黑的脸，现在恢复了正常。自从患病以来，义雄就完全放弃了打高尔夫球的应酬。但是仅此还不够说明原委，因为义雄的白，并不是那种不见天日的苍白，他的皮肤白得像透明的蚕茧一样。我不得不承认，年过花甲的我的丈夫的脸，一天天生得漂亮起来，皮肤变得有弹力，原来的皱纹近乎若有若无。自从接受福元食疗院的指导以来，义雄一日不曾间断叩齿训练和细嚼慢咽的进食方式。福元说过，咀嚼运动不单能促进消化，还能刺激体内细胞的收缩，莫不是细胞收缩了才使义雄的皮肤变得紧绷有弹力了呢？然而和义雄日夜纠缠不休的却是，能喷出一人多高的动脉血的压力啊！天知道他脸上皱纹是怎么消失的？

　每天低头不见抬头见，面对这一张白白嫩嫩的男人脸，我收拾家务、做饭、盛饭、泡茶，一次也没有向这张脸发火过。

　两个人之间是越来越默契的神与奴仆的关系。

　我可以设想是服用了福元推荐的海苔和香菇，起到了镇静效果。一度是脾气暴躁的这位动脉瘤的"神"，如今，那么娴雅、沉稳、安然、坦荡。抑或是，通知手术日期的电话随时都会打过来，面对无可逃避的、宿命般的手术，义雄每日每夜都在做着彻底放松的心理准备，时时刻刻如临大敌。

　义雄不厌其烦地咀嚼着——或者说是口腔运动。

　今晚，"神"安静地坐在餐桌前等待奴仆盛饭。我在盛纳豆的小盒里放了一颗酸梅子，放了一匙鲣鱼的肉松，又放了一小撮葱花，端给他。他接过来，用筷子骨碌骨碌地搅拌均匀，然后把小盒里黏糊糊的纳豆泥扣到米饭碗里，这种吃法是他一贯的癖好，变成了"神"也没改变这种癖好。纳豆泥从碗沿上漾出来，义雄毫不犹豫地把舌头伸过去，一舔。因为禁肉、禁油，义雄总有一种吃不饱的空腹感，他变得爱惜食品，吃相变得下作了。

一条透明的纳豆丝挂在"神"的嘴边，和"神"的下巴一起蠕动。

吃过晚饭，闲坐了一会儿，我估算了一下时间，然后向"神"下命令，可以到浴缸里去泡澡了。

"嗯……"

义雄已经变得很听话了。在家里，夫唱妇随过渡到妇唱夫随了。看着义雄抱着替换的衣服走进浴室，我不禁又想，人怎么会有如此大的变化呢？不是说，江山易改，本性难移吗？与其说他变了，倒不如说他——蔫了。他害怕生气，害怕急躁，害怕发怒——为了控制血压。

他在克制自己。

自己把自己反锁起来。

作茧自缚。

人的内心积蓄着不可思议的定力，在定力的支配下，义雄成了那种娴雅、沉稳、安然、坦荡的人。他的

"白"是身心两方面发生了改变。通过食疗，义雄的体重比半年前减少了十公斤，人一下子变成了美男子。

我在洗碗池边研磨杂谷米粥的时候，义雄从浴室里走出来，白嫩的脸，像剥了皮的煮鸡蛋一样。他悄然从我身后走过，像在小心地拽着一根看不见的细线，他拉开冰箱门，取出盛饮料的塑料瓶，站着喝了几口，轻轻地关上冰箱门，拽着那根细线无声地走进自己的卧室。

义雄已经不是常态的义雄了。

深夜。

睁开眼，又是血池一般的红色的地毯。

映得人眼球发胀、生疼的血色。

一种冰冷的绝望的感觉。我在血色里摸爬。

终于破裂啦。

似乎很悲伤，又似乎是松了一口气，虚脱了一样。我在寻找义雄的身体，但是，殷红的血凝固了，变成漆黑一片。我什么也看不见，仿佛沉到天地合为一体的混沌的底层。正这样想着，一双厚重的大手从背后按住我的肩膀。啊——

"好久不见啦。"

闷雷一样的男人的声音，灌进我的耳朵里，又像是从我大脑的深处飘出来。那么怪诞又那么熟悉的声音……

那个男人又来了。

于是一切都变得清晰起来，我知道我在那一家妓院的本应属于我的房间里。房间的一隅，挂着在江户时代流行的男装，上边绘着骷髅的纹样。

男人把我揽在他的怀里，他的手在我身上爱怜地抚摸。

"天与地合为一体了吗？"

"天与地将合未合。"

男人的手像火把一样滚烫。我的身体在他的抚摸中渐渐融化，然而我并不感到恐惧。

这个谜似的男人——他是谁？我的思维像生锈的锁一样打不开。

"你答应过我要结为夫妻的。"

男人提示了我一句。我似乎记起来，是在一百年以前向他许诺过的。然而，为什么是一百年以前呢——一头雾水。

"我是来娶你的，在上边……"

男人朝天花板上扬了扬下巴。

"在上边准备好了轿子，把你从这里抬出去。"

男人说的上边，是哪里呢？

"上边是光明之地，我们去拜堂。"

男人一边说，一边继续抚摸着。

无端地觉得这个男人原本就是黑道上的人物，终于决定要退出江湖了，带上我去那光明之地。我也早已厌倦了这黑暗的地底的房间。

"那么，我们动身吧。"

男人停止抚摸的手，轻轻地把我从他怀里推开。一离开他的身子，我的思维就像从一道魔咒中解脱了一样。

"不！请稍等。"

男人一怔，诧异地看着我。我忽然想起来，我和另一个男人还有约定。

"不！我不能和你一起走，另一个男人在等着我。"

现在，我毫无疑问地相信，我承诺了两个男人。

"我的约定比他早，我是第一个。"

"不，你是第二个，他是第一个。"

男人把脸贴到我眼前，鼻翼两侧的肌肉痉挛一般抖动着。

"你再好好想想，我和他谁先谁后！"

"我和他的约定很久了……"

我怯怯地说。

"什么时候？"

"三十……二年以前，也许三十三年。"

我用手指头计算时间。

"可是，我和你的约定是在一百年以前就有了……"

男人压低声音，把嘴凑到我耳边一字一句地说。

一百年吗？我坐在地毯上，用手指头计算一百年的时间，手指头不够用，加上脚指头。

"算不过来吗？我的手指头借给你，脚指头也借给你。"

我一遍一遍地数着。

"还没数过来吗？真麻烦呀。上边的轿夫等不及了。"

我数完了自己的手指头、脚指头，又数那个男人的手指头和脚指头。

男人的双手和双脚都举到我眼前。

啊——看见脚的那一刹那，我又产生了那种不可思议的、舔的冲动……

一头雾水的记忆里，一百年前的一扇门在恍惚间缓缓打开，这个男人走了出来。

已经到了十月中旬，义雄的手术通知还没有下来。

十月初的时候，义雄去医院检查了一次，他想做一次CT检查，看看食疗的结果如何。但是，别府医生没有同意，说手术前尽量不要给身体增加负担。别府医生只是给义雄测了测血压——十分正常。

血压正常，而且，气色也不错。这令热情的别府医生觉得奇怪。他让义雄十月底之前再来检查一次。

正像别府医生说的那样，一进入深秋，紧急入院的患者会增多。那天，好几次听到救护车的鸣叫声，心脏外科的走廊里不断传来慌慌张张的脚步声。

十一月的某一天，医院打过来电话。

"是鹿丸义雄先生家吗？手术日期已经排出来，希望能在近期来一趟医院，听一听主治大夫的说明。"

看来是，真的没有退路了。

……

那一天，心脏外科的候诊室一如既往的排着长蛇阵。这次我们没有久等，挂了门诊号就直接被带到诊查室。颖田部长正在里边坐着。

"鹿丸先生，让您久等啦。"

这个人的声音是那种高低适宜的男中音，给人一种亲切、温暖的期待感。让我回忆起很早以前的冬天，抱着脸盆走到"钱汤"的门外，听到女主人一边开门一边这么打呼。还没有迈进"钱汤"的门，人身上的寒意就减了大半。

"手术的日期是：明年的一月十二日。院方不会有变更了。"

　　颖田部长把手术计划表推到义雄面前的桌子上。手术前还要有多项检查，所以，一月六日患者要住进医院里，也就是手术的一周前入院。看了手术计划表，义雄显得有些忸怩不安。我猜得出来他很想知道动脉瘤是不是已经缩小了。我代替他问了一句：

　　"手术前不再做一次CT确认一下动脉瘤的样子吗？"

　　"是担心吗？"

　　颖田部长并不知道义雄心里暗暗期待的是什么。

　　"要是担心的话，那就做一次吧。现在的状态是，比预想的要好。……天气越来越冷了，血压容易上升，做一次CT也是有必要的。"

　　义雄很释然地点点头。

　　颖田部长把手术计划表交到我手里，然后站了起来。

　　"那么，我们一月十二日那天再见吧。希望到那一天您带着一副结实的身体来挑战。"

　　我们埋头施礼。颖田部长好像还有事，匆匆离去。年轻的别府医生代替他坐过来继续手术的说明。手术中需要大量输血，最好是从患者自己身上采血预先贮存起来。因为使用他人的血液担心会有感染或者免疫反应。除了紧急手术以外，健康状态良好的患者，每周一次可从自己身上采四百CC的血液。义雄的预定是采集三次，一共取一千二百CC的血，像存款一样，贮存在医院的血库里。

别府医生看着义雄像干鱿鱼一样的身体，不无忧虑地问：

"没问题吧。血，应该有的。"

"啊……"

义雄完全没有自信的样子。

"为了增加血，请努力多吃饭。手术之后，用不完的血要还给你，统统输到身体里。现在开始要解决的是，从你身上采到必要的血。"

别府医生已经把义雄当成自己的病人，义雄的命运掌握在他的手里。他说话的口气比以前温和多了。

说了关于血的话题之后，别府医生给我们解释手术的过程。他用圆珠笔在纸上画了一个简单的人体图，是平躺的人体的上半身。圆珠笔在胸口画出一道纵线——从喉结的左下部开始，稍稍倾斜而下，到胸骨的正中间，然后笔直地画了一笔。手术刀就是这样作用到义雄身上的。义雄的身体僵硬，直挺挺地坐在椅子上。

别府医生的说明似乎是在考验患者的胆量，同时又怕吓着患者。现代医疗技术再发达，不经过当事人或家属的同意，哪个医生也不能在患者身上自作主张。

手术的关键之处是动脉置换。大动脉里的血液像奔腾的急流，要截断的部位是通向脑、手臂和下半身的"急流"的河口。

"人工血管置换以后，能使用多久？"

我好像在一本医学杂志上见过那种白色的、像蛇皮一样的人工血管。

"人工血管很结实，用聚酯纤维、氟化乙烯膜等做成，一次置换，终生不坏。"

这好像是和上等布料比较接近的东西，但是，人体手术和服装裁剪不是一码事。

"这种手术要和时间做斗争。"

别府医生不是看着义雄，而是看着我说。

"让心跳停止，体温降到三十二摄氏度就可以，但是为了保护大脑，还得让体温下降，下降到二十摄氏度左右，大脑在不供血的状态仍然有一段安全期。在启动人工心肺系统的同时，体温会逐步下降。"

其实，医生的这种说明，也不全是为了患者和家属，万一什么意外的事情发生了，这种说明肯定会拿到法庭上重复，成了某种诉讼的材料。义雄和我只能沉默着洗耳恭听。我闻到一股酸酸的臭味，臭味来自别府医生的口腔，我怀疑是菜叶或者肉筋残留在他的牙缝里，我忍不住把脸侧向一边。

"体温降到二十摄氏度，关掉人工心肺系统。全身血液停止流动……"

从脖子以下，即使血液完全停止流动，也对脏器不太有影响。但是，如果大脑停止供血超过四分钟，就会出现脑死状态，体温降至二十摄氏度时则可以延长一个小时。还有一种方法，能使大脑再延长一个小时。"

"什么方法？"

我顶着口臭问道。

"让静脉里的血液逆流。"

"可那样做吗？"

"通常，在静脉里有防止血液逆流的瓣膜。不知道为什么单单在心脏和脑之间没有那样的瓣膜。目前还是个未解之谜。所以说可以逆流。"

别府医生自信地回答我——自信的口臭。我屏住呼吸把脸转向义雄。不知是惊讶还是恐惧，义雄半张开嘴巴，喘息着。他的嘴里也是臭的，两个男人激烈的口臭在桌子上交流。

"然后要考虑的是如何缩短心脏停跳的时间。请相信我们的技术，很快的。打开、切除、置换……按手

204

术的最佳状态估算，一个半小时就够了。"

别府医生笑嘻嘻的样子。

然后要做的还有：启动人工心肺系统使血液循环、体温上升，但是这并不意味着可以脱离昏迷、四肢瘫痪等危险，这种危险的概率在百分之十或百分之十五。打个比方说吧，往心脏外科的患者接待室里投石子，每十个人当中肯定有一个人或一点五个人被砸中。

别府医生的口臭和义雄的口臭，越加强烈。

从医院的停车场出来，回家。

义雄默默地开车，车子行驶在一条河岸公路上，岸边有一棵老樱树，在瑟瑟寒风中赤裸着枝丫。我记得第一次陪着义雄来医院检查，正是樱花盛开的季节，那时候没有心情赏樱，现在却在意起它来。那株老樱树形单影只地伫立岸边，默默地孤绝地守望着。

义雄还惦记着下个月的CT检查结果。就算是瘤子缩小了又能怎么样呢。我对福元的期待就如同那棵老樱树上的叶子，快要落尽了。

只有拳头大小的心脏，永不停歇地跳动，多么奇妙呀。

那么天然的律动，用手术使它停止，多么愚蠢呀。

人体是大自然的极致造物。

人的心脏从胎儿四周左右就开始跳动了。心脏细胞有它独特的电磁波和独自的律动，连现代科学都解释不清，究竟是一只什么样的手，按动了心脏的开关，让它从某一刻起，突然跳动起来。

连现代科学都解释不清心跳的原理。能随随便便地让心脏停止跳动吗？

我想象着义雄的心脏在手术中停止跳动的样子，停止跳动的心脏又被起搏器的电流激活。临时"死掉"的义雄随着心脏的跳动缓缓地睁开蒙眬的眼睛，从电动玩具变成人。

漫画里的铁臂阿童木的胸口，有一个可以自由打开的小门，随时可以修理它的电池心脏。但是活生生的人怎么能像阿童木那样呀。

悲伤的时候为什么感到胸在疼，而不是脑在疼呢？悲伤加重了，心脏似乎被勒住，越勒越紧，为什么不是脑被越勒越紧呢？如果真的有灵魂存在，它一定不是悬浮在脑里，它一定潜伏在胸中，在那一颗神秘的心的深处。

心脏是神圣的，不容亵渎。然而，手术刀、钳子和橡胶手套时时在侵犯这一片圣域。我不能完全否定医疗，但是，我敢说医疗让现代人在某种程度上没有了尊严。

当天晚上，趁义雄去洗澡的时候，我给小叔子辰雄家打了一个电话。接电话的是弟媳智寿子，我和她聊了一会儿烧野温泉的经历，并说义雄的身体没有明显的改善。

辰雄把电话接过来，问：

"福元食疗院的食谱有效果吗？"

他的声音无精打采。

"对改善身体状态的确有效。"

"对瘤子怎么样？"

"……我觉得瘤子必须手术。"

"可是，有人不做手术也治好了。"

义雄、辰雄兄弟俩都是拖泥带水的性格。

"人家说的不是治好，是改善；仅仅是改善而已，要根治很难。"

我没有责问福元的意思，医生和民间疗法的顾问，是站在不同的立场上。医生和患者，是一对一的关系，医生对患者负有重大责任。而那个叫福元的人，只是旁观者，电话指导每三十分钟收费三千日元，要说负责任，福元的责任只有三千日元。

"手术的日子定在一月十二日。"

我把手术日期告诉辰雄，并说做手术之前会一直坚持食疗，让义雄的身体充分改善，用结实的身体接受手术。辰雄好像被我说通了。

"明白了。手术那天我和智寿子一定过去。"

一月六日入院，辰雄就不过来了，他让我向义雄解释一下。我打开从医院拿回来的手术计划表，和辰雄商量碰头的时间。手术在当天上午九点开始，患者家属在手术前一小时到医院，我和辰雄约定八点钟在医院门口会合。辰雄从山口县那边赶过来，走高速也得三个小时。

义雄洗完澡出来。

洗完澡之后照例要给身体补充水分，义雄从冰箱里取出饮料喝了几口，然后坐在沙发上嚼口香糖，是牙科推荐的保健牙齿的口香糖，义雄用它做咀嚼运动。手术已经进入了倒计时，除了一日三餐中的咀嚼之外，义雄又追加了咀嚼口香糖，咀嚼运动让义雄的脸变得漂亮起来。不光是脸部，全身的皮肤都变得又白又细腻。

怎么忍心用手术刀划破这又白又细腻的皮肤呢。

虽然已不再年轻，但是义雄的身体，至今还是自自然然，没有受过伤害。我的小腹上有一处盲肠炎手术留下的疤痕，义雄连盲肠炎的疤痕也没有。我还割过一回双眼皮，义雄没有。

脑子里忽然浮现出了原始森林的画面。屋久岛、白神山地、知床……没有被人破坏的原始森林在全日本已经找不到了，没有被人破坏的肉体还有多少呢？我目不转睛地盯着义雄的脖子。

义雄向我招招手，我走过去坐到他身边，他的身上散发着肥皂的淡淡的香气。义雄取出纸笔：

"做爱吧。"

我吃惊地望着义雄的脸，他的目光火辣辣地，缠绵而不野性，是成熟男人才有的那种内敛又怀着期冀的目光。对义雄的身体我不是不想，而是不敢想。难道义雄已经感觉到了我的心思？

"可是，你会破裂的。"

"破裂就破裂吧。"

放下圆珠笔，义雄把我抱在怀里。义雄美丽的脸上漾起一层浅浅的羞涩，我驯服般的倒在他的怀里。我的脑际只是在一瞬间滑过好友梨江的脸庞，是我在那家意大利料理店见过的幽怨的神情。我想，就算义雄今晚突然死掉了，和梨江比起来我也是幸福的妻子。当然，义雄也是幸福的丈夫。

二棵没有斧痕的完整的树，带着体温缓缓地倒下了。我紧贴在义雄的胸前，听他的心跳，我把自己的心跳加入他的心跳里，两颗心手牵着手快乐地舞蹈，陶醉……

十二月。

第一次贮血是十二月十七日。

在准备贮血的前一周，一天早上义雄好像突然想起来什么，催我给福元食疗研究院打电话。福元的食谱上是禁止吃肉的，义雄担心不吃肉会贫血。

"看来真的要做手术啦？"

福元的语气里有担心也有失望。

"下周还要做一次CT检查，如果瘤子没有缩小到四厘米以下，就决定手术，现在还怀着一线希望呢。"

经过一个夏天的食疗，加上烧野温泉之行，得到的回报不过是隐隐约约缩小到五厘米。下一次要做的CT检查，结果也好不到哪里去。

"这一次想请教一下增血的食方。"

现在的福元在我眼里不再是医生，而是一位营养学专家。

"那就吃鲤鱼粥吧。"

福元不假思索地回答我。服用鲤鱼粥可造血，对重度贫血和手术前的体力增强极有功效。

"鲤鱼粥是绝好的滋补食品，但是它的做法和一般的河鱼料理店大相径庭。鲤鱼要完整，鱼鳞、鱼刺、鱼眼都要用上，还要在火上炖十个小时，如果是高压锅，两个小时就够了。"

鲤鱼粥？没吃过，没做过，还是第一次从福元口中听到这种"料理"。福元好像觉出了我的困惑。

"详细的食方，过一会儿发传真过去，还有什么不明白的，请随时给我打电话吧。"

放下电话等了一会儿，一份写得工工整整的鲤鱼粥食方传了过来。

材料如下

鲤鱼一条（约一公斤）

牛蒡（约一公斤与鲤鱼同量）

乏茶叶（一碗）

水（二十碗）

黄酱（大豆制黄酱一百五十克·小麦制黄酱一百五十克）

葱（一根）

姜汁（两大匙）

香油适量

义雄说河鱼料理吃过几次，清蒸鲤鱼、红烧鲤鱼、鱼丸子汤都见识过，可是没听说过这鲤鱼粥，难以想象把鲤鱼和木屑一样的牛蒡掺在一起会成什么样子。

"福元说了，很有效。"

但是做法却不那么简单。首先要弄到新鲜的活鲤鱼，从鱼头到鱼尾，除了苦胆之外，悉数保留。其次是火候，说明书上写着，火候是关键。最初的三个小时要用温火煮，浮起来的白沫要随时取出；三个小时之后，锅里的材料开始融合，成稀粥状；六个小时以后，稀粥变得浓厚，鱼鳞、细刺都化了；七个小时以后，鱼肉脱落成泥状，鱼骨柔软可食；十个小时之后待鱼头部一触即破时，鲤鱼粥才大功告成。福元传过来的说明书，循序渐进地描述着每个时间段的鲤鱼粥的变化。煮到最后的鲤鱼粥，鱼和牛蒡浑然一体，真真儿的是一锅粥了。把粥盛到碗里，佐以葱花，食之。食方上写了鲤鱼粥的做法和吃法，毕竟没写味道，好不好吃呢？

接受食疗不是享受美餐，食方岂能顾及好吃不好吃呢。

"吃吃看吧。"

我用手指头敲打着食方。

"啊……"

义雄点点头。

可是上哪儿去弄来鲤鱼呢。四面环海的日本，一说到鱼自然想起的全是海鱼。超市里没有鲤鱼卖，下关唐户鱼类批发市场也没有鲤鱼卖。不得已打电话向梨江求助。

"你真糊涂呀，鲤鱼是河鱼，得去有淡水的地方。"

"有淡水的地方？"

"山里呀，山里！"

S湖的水库附近有几家很不错的河鱼料理店，梨江夫妇去那里吃过几次。梨江建议我去那里看看，鲤鱼是河鱼料理店里必不可缺的一品料理。

好吧，我决定去S湖水库碰碰运气。

周末的上午，准备了一只防漏水的长方形塑料容器，坐上义雄的车，出发。

十二月上旬的好天气，无风，极静的山间。我们是去买鲤鱼还是去兜风？义雄和我，心情都不错。

做杂谷饭也好，做鲤鱼粥也好，怎么就不可以揉进一点做游戏的心情呢？姑且叫作苦中做乐吧。因为我能理直气壮地说：为了丈夫，该做的我都做了，这就是对自己的一种莫大的安慰。

义雄的车行在初冬的山道上，两侧的山峦静穆着，偶尔能看到几簇红叶，点缀山间。从市区到S湖水库大约有三十分钟的路程。S湖水库建在半山腰上，这是一处巨大的人工湖，近年成了旅游风景区。

沿着湖岸有几家料理店，店前挂着简易的广告牌，写着一大串河鱼料理的菜单。义雄把车拐进一家看起来铺面较大的料理店的停车场。

推开店门，闻到一股黄酱的浓香。还不到吃午饭的时候，店里比较冷清。一个头上缠着毛巾卷的老人，看起来像店主人。我把来意告诉了他，他爽快地答应了。

店铺后边有一处用木板箍起来的水池，人工供氧机在水池里嘟嘟嘟地冒着水泡。我在水池边第一次近距离看见从淡水湖里打捞上来的鲤鱼。

和扁平的海鱼不同，鲤鱼长得雍容富态，鱼鳞像华丽的铠甲。这里的鲤鱼脊背一律都是金属般的黑色，嘴唇也很有特点，很厚，像人的嘴唇。

"这种鲤鱼叫寒鲤，脂肪多，正是好吃的时候。"

话音未落，一条鲤鱼被老人灵敏的大手捉上来。

"夫人，这条鲤鱼差不多有一公斤。"

老人一边说，一边从腰间抽出一把尖刀，用刀背向鱼头闪电般地一击，那条死命挣扎的鲤鱼一下子老实了。

"它没有死，我把它打昏过去了。"

我把脸转向一边。

终于明白了，今天是来买鲤鱼的，不是出来兜风的，一条鲤鱼要为我们的游戏付出代价。

老人问：

"拿回家杀还是在这里杀？"

我说：

"在这里杀，拜托了。"

回到家里，义雄和我都没有勇气结束这条鱼的性命。老人用手指头勾住鱼鳃往店里走，我们默默地尾随在后。

老人把鲤鱼放到菜板上，鲤鱼好像渐渐恢复了知觉，挥动着尾翼，有气无力地拍打着菜板。我把要求告诉了老人，除了苦胆之外，鱼身上的东西全要。

一把切生鱼片用的长刀，利索地划开鱼腹。

"咯——"

从张开的鱼嘴里发出来的轻微的一声叹息。又像谁一不留意打了个嗝儿，这是鲤鱼绝命前最后的遗言——它会说什么呢。

老人把鲤鱼装进我的塑料容器里，又在鱼身上撒了一把碎冰块，递给我。菜板上只剩下一颗莲子大小、晶莹青翠的苦胆。

没有苦胆的鲤鱼价格为一千五百日元。

"要是在市里的河鱼专卖店，得加一倍的钱。"

老人洗着沾满鱼血的手，说。

"要是做鲤鱼粥通常煮多长时间？"

"大约三四个小时吧，再长就把鱼煮烂了，形状多难看呀。"

难怪，来这里吃鲤鱼粥的客人，是为了品尝美食的，不是食疗。

我不知道我能给义雄做出什么口味的鲤鱼粥。

到家了。

我小心翼翼地抱着塑料容器进厨房，放进洗碗池里，小心翼翼打开盖子。

平躺在碎冰块里的鲤鱼瞪着眼睛看着我，目光炯然。

"义雄——"

我吓得起了一层鸡皮疙瘩。

义雄正在自己房间里换衣服，他走过来，默默地和鲤鱼对视着。我躲在义雄身后，央求他把盖子盖上，暂时把鱼放到冰箱里去。

我拿出牛蒡在菜板上切成丝状，鲤鱼的重量是一点五公斤，牛蒡要和鱼同量。一点五公斤的牛蒡丝在料理台上堆出一座小山。

我翻出了家里最大的平底锅，放到火上加热，放芝麻油，把牛蒡丝倒进去轻炒了一会儿，然后加水。

"把鲤鱼拿过来。"

我侧过身吩咐义雄。

义雄把容器从冰箱里拿出来。我从瓦斯台边后退了两步，说：

"放进锅里，全部。"

义雄依照吩咐，把容器里的鱼头、鱼身、内脏，

——放进锅里。

我半侧着脸用木勺子在锅里搅拌了一下，牛蒡丝和鲤鱼的肢体在锅里旋转……

不禁怨恨起福元来。

把祛除汤沫的乏茶叶用棉布包包好、扎上口放进锅中，总算可以从锅台边走开了。看一眼挂钟，是上午十一点，从现在开始煮上十个小时，晚上九点才能结束。

锅里的水慢慢沸腾，水面上浮起来细细的汤沫，灰不溜丢的。厨房里充满河鱼的泥腥味，这种腥味和海里的加级鱼、比目鱼的腥味不同，和鲣鱼、鲑鱼的味道也不同，这种怪怪的腥味，很像过去山地的农民烧荒时，从枯草里冒出的苦涩的烟味。"烟味"熏得人想呕吐。

午饭是简单的海苔饭团子，我和义雄躲进客厅，关上门凑合着吃下去。

傍晚的时候，凑近大锅看了看，是一锅浓汤的模样，鱼鳞已经变软、变色，像一层塑料黏黏地贴在鱼身上。换气扇一直在运转，但是空气里依照残留着抽不尽的"烟味"。无论如何没有在厨房里做晚饭的心情，干脆打电话叫了两份外卖，是附近一家料理店送来的荞麦面条。当然，还是躲进客厅关上门，一边吃一边避难。

牛蒡丝已经煮化了，锅里的汤看着像一池泥水。鱼头在泥水里开始变形，鱼眼不知什么时候已经脱落，只剩下空荡荡的眼眶。

鹿丸家的鲤鱼粥就要做成了。

义雄躲进自己的卧室，一直不出来。

八点半的时候，我按照说明把大豆、小麦两种黄酱各一百五十克放进锅里，轻轻搅拌，黄酱发酵的气味盖住了鱼腥味。

终于坚持到了九点。我关上瓦斯，把锅端了下来。一锅鲤鱼粥在我手里完成了，忽然有些激动，鼻子酸酸的。

熬透了的鲤鱼粥，什么怪味也没有了。

推开义雄卧室的门，义雄已经睡着了。我悄悄退了出来。

一锅热腾腾的鲫鱼粥放在餐桌上。我用小碟子盛出一点尝了尝味道。

我战战兢兢地把一勺鲤鱼粥放进嘴里。……泥汁一样的鲤鱼粥黏在我的舌苔上。

我闭上眼睛，仔细地想，这究竟是什么味道……

第六章

遥远的声音

第一回的贮血在十二月十七日。

托鲤鱼粥的福，义雄的血量没有让医院失望。

第二回的贮血是耶稣诞辰的十二月二十五日。

次日，为了接受CT检查，我陪着义雄又去了一趟医院。瘤子的直径是五点五厘米，在CT图像上看不到让义雄期待的变化。义雄已经没有挑战的信心了。

"真是了不起啊。六厘米大小的弓部大动脉瘤，熬过八个月的时间完全没有膨胀，您在健康管理上真是了不起啊。"

受到别府医生的表扬，义雄的心里一点也不高兴，他沉默着。

当天晚上，我给远在加利福尼亚的女儿打了电话。义雄已经提前去睡了，我要等到午夜零点之后才打电话。这里和美国相差十七个小时，电话通了，女儿此刻正在前一天的清晨和我说话，她一边接电话一边在牧场的厨房里忙着早餐，电话里还能听到小羊羔们奶气奶气的叫声。地球的时差就像是在变戏法一样，每次给女儿打电话都有一种怪怪的感觉。

我把义雄的病如实地告诉了惠美，女儿屏住呼吸听着。女儿认识的一位神父去年死于腹部动脉瘤破裂。那位神父并不知道自己身上长出了动脉瘤，在圣诞节的弥撒曲中倒在祭坛上，让信徒们惊惶失措。

　　"爸爸的嗓子变哑是件好事呀。"

　　女儿的意思是庆幸义雄在动脉瘤破裂之前能及时发现。我把手术日期告诉了女儿，路途又远，孩子还小。我不希望她回来。

　　"不要勉强什么……"

　　——不要勉强什么呢？我不知道。我不知道女儿这次回来是护理义雄的手术，还是参加义雄的葬礼。

　　"我回日本。"

　　沉默了片刻，女儿回答我。我说孩子艾米丽离不开你的，你最好先和吉弗利商量一下再决定吧。自从女儿嫁到美国，我几乎每年都去她那里小住一阵子。义雄只去过一次，那是在八年前，去参加他们的婚礼。现在他连女婿和外孙的名字都记不住。

　　一月一日，没有酒，没有屠苏，家里冷冷静静，没有过年的气氛。今年也没打算回山口县的老家，因为不想让年迈的妈妈看到，义雄瘦了十几公斤的样子，也担心手术前患上感冒什么的。整个一月，义雄差不多闭门不出。

第三回贮血是入院的前一天，一月五日。福元传授的鲤鱼粥食方，很有效，义雄的身体状况让别府医生十分满意。

从早上开始，天阴着，有一阵没一阵飘着小雪。义雄坐的士自己去医院，做完了入院前的一切准备。义雄说，检查技师无意中流露出的一句话让他感到很安慰。义雄的弓部血管除了瘤子之外一切都正常，比年轻人的血管还健康。检查技师一边摇着头一边自言自语道：这么漂亮的血管怎么会长瘤子呢？

晚饭后，义雄把平常上班时常拎的工作包拿出来，放在桌子上。

对义雄来说，这次手术是他人生的一个坎儿，如果不顺利，我要做的是，代替他把这个工作包交到指定的会计师手里。包里放着公司的重要资料。

手术后，无论是死了还是活着，只要是不能回到工作岗位上，公司就立即宣告破产。届时，会计师会出面处理公司的债权债务，并且和律师事务所联络，不会让我分心。对于义雄的公司，我其实什么都不了解，我不知道至今为止自己这种从不过问的态度是好是坏。

正在清点住院用行李的时候，加利福尼亚的长途电话打过来。女儿说，她后天上午抵达成田机场，夜里才能到家。本打算一家三口都来，可是艾米丽正发着烧，吉弗利的牧场一时半会儿也找不到合适的人照看，只好一个人回来了。

八点钟左右，小叔子辰雄也打来了电话，说明天正好有时间，打算去医院看看。我拿着话筒走到窗边，天还阴着，小雪已经停了。不知山口那边什么情况。

"那边下雪了吧？当心路滑。"

"没事，我的车是四轮驱动。"

道了一声晚安，辰雄挂上电话。

我去给义雄放洗澡水，从明天开始义雄就要离开这个家了，医院的浴室没有家里这么舒服，从明天开始，义雄就不能像待在家里那么自在了。

义雄把自己浸泡在盛满四十三摄氏度温水的浴缸里，伴随了他六十余载的身体，白皙、光洁，没有赘肉，完完整整。去年一年他连一次感冒也没得过。在这样的身体上动手术，真可惜了。换上人工血管之后，义雄也就成了残疾人了吧，可以向政府申请《残疾人证明书》了吧。

结婚几十年，一直是我来照顾义雄，吃饭、洗澡、睡觉……他的身体已经成了我的一部分，他被推进手术室，手术刀划开他的肉体时，我的身体一定会感到疼，同样的疼。人总是在一些特殊的场合下才能体验某种特殊的心情。

义雄从浴室出来，我也把厨房收拾干净了。义雄去卧室休息，我去浴室泡澡。

泡进浴缸里，感到血流逐渐加快，冰凉的四肢有一种麻酥酥的感觉。

屋外，是九州的寒夜。

迷迷糊糊中被电话铃声惊醒。睁开眼，天还早，屋里却异样的亮堂。

"喂喂……"

电话是辰雄打过来的。

"说好的今天去医院，早上五点钟就从家里出发了，可是，雪太大，把道都封了。"

"雪？"我拿着话筒走到窗边，拉开窗帘，院子里一片白晃晃的，令人目眩的雪，纷纷扬扬。外边的天地像换了一个世界。

辰雄在电话里解释道，从关门海峡以西的高速公路全部封锁了，无路可走了。

不来也好，大雪天开车多危险啊，我安慰了一下辰雄，说：

"十二号做手术那天再来吧。"

看了看表，还不到六点。忽然意识到，外边比平时安静得多，送报纸的摩托车声、晨练的人声、街树间的鸟鸣全没有听到。真是一场意想不到的豪雪。

义雄也起来了，他披了一件大衣走到院子里，我也找出一件羽绒袄穿上，拿起义雄的围巾追出去。

我把围巾缠到义雄脖子上，他正在用力打开院子的门，想看看道路上的雪况，但是金属门闩被冻上了，怎么也拉不开。义雄示意我拎点热水来。

进入冬季，九州北部每年都要下一两场大雪，但是大雪的冰坨子把门闩冻得打不开，我还是第一次经历。

回到房间，我赶紧给附近的一家出租车公司打电话预约的士。长长的铃声之后电话总算接通了。

"我是谷町三丁目的鹿丸家。想预约一台的士来接我们……"

对面好像很忙，无线电报话机的声音此起彼伏，一个语气粗蛮的男人的声音：

"谷町的大坡很麻烦，车轮装上防滑链也上不去呀。"

"上午九点前，我们必须赶到K综合医院……"

"路上没问题，车流量一多，雪就融化了。问题是你们家附近的大坡，的士无能为力呀，听明白了？"

"难道没有办法了吗？……"

226

"你们能从坡上走下来吗？的士可以开到坡下边的F银行门前等着。"

对方的意思是让我们自己从坡上步行下来。谷町在这座城市的一块高地上，我们家门前的道路是一道五六百米长的陡坡，虽然不是多远的路，可是拎着住院用的行李走起来也不那么轻松，更担心的是雪地上路滑，义雄万一跌倒了从坡上滚下去，瘤子肯定会破裂。就算不会跌倒，户外的寒气也会使他的血压上升的。

"喂——想好了吗？怎么办？"

对方有些急躁，他在无线报话机的噪音里似乎手忙脚乱地忙碌着，可能随时会挂断我的电话。

"好吧，我们走到F银行去乘车。"

"九点前赶到K综合医院的话，考虑到下雪天会堵车，八点前出发能来得及。那么，请在七点五十分赶到F银行门前等着。"

"知道了。"

以前我生惠美的时候，在临盆的前夜忽然台风登陆，我是在台风的呼啸声中抱着阵痛的肚子进医院的。义雄曾半开玩笑地骂我：

"你真是一个能兴风作浪的家伙。"

当时婆婆的一句话让我印象深刻，她说：

"人在迎生送死之际，总有奇怪的自然现象伴随着发生。"

今天，婆婆的话应验了。我抱怨义雄说：

"瞧瞧，这么大的雪，怎么去医院，老天爷不想让你住院吧。"

我把昨天晚上准备好的早餐材料拿出来，几分钟就把早餐做好了。鲤鱼粥在微波炉里加热，一滴不剩地倒进义雄的碗里，喝完今天的鲤鱼粥，长达七个月的食疗就宣告结束了。今天，格外宁静的早晨，雪使厨房的光线十分明朗。

早餐之后开始准备外出，棉帽围巾、羽绒大衣、手套……义雄被我裹得严严实实，看起来不像是去医院，也不像是参加户外活动。我两只手各拎一个小型旅行包，义雄只抱一个大纸袋。准备完毕。

"以前，……我的……爸爸……妈妈……就是这……种打扮……从……逃回来……的……"

义雄似乎很乐意被打扮成这种大笨熊的样子，在院子里，他还没忘给自己拍照留念。

"站那里……拍……了！"

快门一响，我的表情僵硬地定格。义雄还在院子里拍雪景，我拎了一大缸热水，把冻结在门闩上的雪坨子浇化。

两人提着行李出门了。

路上、房顶上、树上，积着厚厚的雪，一夜之间居然下了那么多雪。在我们没有察觉的深夜，这座城市的风景正像一首汉诗上写的那样："忽如一夜春风来，千树万树梨花开。"

　　空气干冷干冷的，气温下降使路表面上的雪变硬变滑。路面平平展展的，没有车痕，也没有人的足迹，我和义雄沿着人行道，一边试探着深浅一边向下移动。也许是神经绷得太紧，担心摔倒，我忽略了寒冷。

　　大坡的中段，斜斜地泊着一辆小面包车，车轮卡在路边的排水槽里。也许是今天早上才泊在那里吧，车顶上没有太多积雪，一串清晰的脚印从车旁踩过来，向坡下蜿蜒而去，义雄踏着那个人的印迹，一步一步追下去。

　　我的心提到嗓子眼了，耳边好像听到义雄扑通扑通的心跳声，一再叮嘱义雄不要着急，要拿稳，总之不能摔倒。坡度陡的地方，我甚至命令义雄坐到雪地上，用屁股和双手划小船一样一点点地移动，反正周围也没有人，不怕被人笑话。

　　总算到了F银行的门前。街道处，一辆的士正等着，四个轮子上都装上了防滑链。

　　一路上，车并不多，没有预想的堵车现象，不到九点，的士就赶到了K综合医院。

进了医院的大厅才发现，来看病的患者并不比往日少，来这里的人都有下大雪也不能耽搁的重要事情。我们办了入院手续，上电梯去五楼的心脏外科病房区。

因为之前做心脏导管检查时，义雄在这里住过两个晚上，我对这里也不陌生了。这一次，义雄住的是四人间，他的床铺在房门的一侧，其余的三张床都拉着白色帘。隔出一方独立的小空间，帘子里边显然有人躺着，很安静。护理部长和护理师都来问候了一番，护理部长我见过一次，还有印象。义雄坐在床上休息，床头柜下边有一个小空间可以放东西，我从旅行包里往外拿住院用品：几件内衣、记事本、圆珠笔，手机在医院里禁用所以放在家里。义雄忽然成了一贫如洗的穷人，他的全部家当无非是毛巾、牙刷、茶杯、脸盆，以及几本在小卖店刚买的杂志。

义雄脱掉外边的羽绒袄挂在衣架上，在有暖气的医院里用不着穿这么厚的衣服，他似乎打算留待出院的时候再穿。我却不敢想，手术之后他还能不能穿上这件衣服回家。

义雄换上自备的睡衣，护理师过来给测了一回血压，暂时没什么事了。想和帘子里的病友问候，又觉得无话可聊。两个人离开病房去外边走廊中段的谈话室，谈话室里有一架自动售货机，我们买了两罐热的乌龙茶。从五楼的窗子向外望去，一派银装素裹的雪景，一向嘈杂的城市此刻变得神圣、庄严起来。

目光从窗外收回来，我们打量起走廊里的行人。

一个穿着浴衣的男人拽着挂点滴的架子，踉跄走过。他的胸口嵌着金属的固定器，一看就知道是做了心脏手术的，胸口还没有完全愈合。男人瘦瘦的脸，形同"饿鬼"。手术之后的病人，为了防止血栓形成要早早下地行走。走廊里，胸部受到重创的"饿鬼"们，像影子一样晃来晃去。

"雪……停不下来……你……回去吧。"

义雄催我回去，医院也快到吃午饭的时候了。

义雄已经意识到自己是一个患者了，他必须自己学会适应医院的生活。我站起身，义雄陪我到一楼的玄关。这是第二次在玄关送别，我想起上一次，义雄和我挥手告别时，脸上有一种孤苦无助的神态。他这次比上一回镇定多了。

"路上……小心点……"

雪还下个不停，义雄担心我怎么爬上家门前的大坡。

"明天见。"

走出医院的大门，有一种轻飘飘的感觉，好像肩头一松，一件沉重的包袱滑下来一样。雪，无声地落着，身体似乎被一种向上的力量推举着。

第二天，雪还没有化。

市内的街道上，车流缓慢，每辆车都像受惊的野兽，左顾右盼，惶惶然的。早间的电视新闻报道说，新干线、JR电车大面积晚点或者停止运行，飞机航班也多数被取消。打开电脑查看了一下电子信箱，里边有一份大学发来的通知：因为雪天，大学临时停课。

我把煮好的紫米粥装进保温瓶里，拎着出门了。像昨天一样步履艰难地走下大坡，在F银行门前乘上预约的的士去医院。

走进五楼的病房，义雄不在。手术前的病人每天要做许多检查，比如测体重、静脉采血、动脉采血、咽喉部细菌感染检查、心脏超声波检查等等。走廊里和昨天一样，三五成群的"饿鬼"们，拽着点滴架，失魂落魄地来回走动。

等了一会儿，义雄回来了，手臂上按着一个止血棉球。我说：

"要是添乱，我就回去吧。"

"没……关……系。"

义雄浅浅一笑，抓住我的手。两个人在谈话室一直待到傍晚，护士来催义雄去洗澡，我趁这个机会离开了。

城市里的雪大部分已经融化了，洁白的雪被车辆和行人践踏成污泥浊水。昨天的大雪景色像一场幻梦，突然间不真实了。

我步行去JR电车站，电车已经恢复了正常运行。车站里人很多，每个人都行色匆匆的，夹在他们中间，义雄和医院走廊里的"饿鬼"们也突然间不真实起来。

爬上大坡，气喘吁吁走到家，换上衣服刚坐下来要歇一会儿，院子外边的门铃响了。

"妈妈……"

遥远又熟悉的声音。女儿惠美从地球对面的美利坚飞回来了。

"飞机没有晚点吗？"

"还好，因为是白天，没有太大的麻烦。"

惠美从东京飞到福冈，又乘地铁到博多，最后打的到家。因为赶时间，大的行李箱在成田机场委托给宅急便的托运公司了。

屋外是冷飕飕的夜，残雪躲在街角和人家的房顶上，隐约露出一道惨白的痕迹。

我带上老花镜在灯光下看外孙女艾米丽的照片。

孩子出生的时候，我一个人去加利福尼亚的妇产医院看她。第一眼看见她的时候，她正在金发蓝眼的女婿的怀里呼呼地睡着，头发毛茸茸的，像一只刚破壳的小雏鸟，一转眼成了活蹦乱跳的大孩子了。

因为下雪天，不便去超市购物，我把冰箱里现有的东西拿出来，用一顿并不丰盛的晚餐，招待远道而来的女儿。晚饭后母女俩一起收拾厨房，然后一起到浴室泡澡。

洗完澡，女儿把一张DVD光盘拿出来播放，这张DVD光盘是女婿从牧场的一位关系户那里借来的。那个人几年前做了一次心脏动脉瓣置换手术，手术的整个过程被医院用摄像机拍下来，刻成DVD光盘，当成出院时赠送给患者的特殊礼物。

患者是一个五十多岁的男性，在麻醉剂的作用下，他完全失去知觉，像酣然入睡一样平躺在手术台上，任人摆布。锋利的手术刀向他胸部深深地划下去，一道红色的血线从皮肤里渗出来，平展展的胸膛登时张开血盆大口。胸骨暴露出来，从正中间被齐刷刷地切断，就像一扇佛龛的门被打开。开胸器把血淋淋的胸部支撑起来。真不能想象患者后来看到自己手术的这一幕会是什么心情。被开胸器"锁定"的部位是一个颤动的红色肉块，那就是心脏，也就是说，通过DVD光盘，患者可以看见自己的心脏在跳动的样子。

跳动的心脏是活着的，像灌满鲜血的红色的小口袋，"呼哧、呼哧"，搅拌着，搓揉着，看似简单却相当奇妙地律动着。至今，我一直都觉得活着是一件多么抽象的、神秘的事情，但是跳动的心脏毫无遮拦地展示着"什么是活着"。那么具体，那么逼真，刺得人眼球鼓胀。

呼哧呼哧的小口袋里，有两个心房、两个心室、动脉血和静脉血在其间交替。呼哧呼哧的心跳不是合唱，是轮唱，有条不紊。

人工心肺装置启动，开始准备让心脏停止跳动。心脏周围注入心肌保护液之后，冰水哗啦哗啦浇到心脏上，心脏冷得哆哆嗦嗦，蜷缩着，发出哀鸣，眼看着冻成一坨，从血红变成青紫，缓缓地停止了跳动。

看完DVD，我让惠美先去睡了。

我从冰箱里取出一瓶清酒。此刻，义雄大概已经服了导眠剂，睡着了吧。

我握着高脚玻璃杯，坐在寂静的黑暗中，空虚正向我的心头袭来。

我的老伴被人捉走了。我不知道他是被谁捉走的，是疾病吗？是命运吗？在成为俘虏之前，义雄的确和它

235

们搏斗过，挣扎过，可是最终失败了。我的老伴成了被押解的囚徒，生命正奄奄一息。

失败了，失败了，失败了……我听见自己的心在尖叫。我把玻璃杯里的酒一口喝干。

泪水从眼眶里溢出来了。

一连数日，断断续续下着雪，奇冷。一场少见的寒流扫荡着西日本地区。

手术的那天清晨，辰雄夫妇早早赶来了，辰雄驾驶的四轮驱动车费力地攀上我家附近的大坡。在辰雄赶到之前，我和惠美已经用滚烫的热水把冻结的门闩浇化了。

早晨七点钟的城市，街道和房屋仿佛都被冰封了一样。

乘坐辰雄的车赶到医院的时候，医院的玄关还没打开。我们从医院侧门的通道绕进去，然后乘电梯上到五楼。病房里很安静，帘子都紧紧地拉着。义雄已经起来了，正盘腿坐在床上，等着赤膊上阵呢。

"让各位……起……这么早，真对不起。"

义雄的目光在每个人的脸上扫了一遍。

"惠美……这么……大老远的……"

"吉弗利说等爸爸出院了，我们全家一起来看您。"

"谢……谢……"

又是道歉，又是致谢，义雄一脸的和蔼可亲，俨然一位可敬的父亲和兄长的形象。动脉瘤的"神"，此刻还原成好脾气的人了。我看看义雄的脸，分开才几天，他已经瘦得不成样子了。

护理师来叫义雄。

我也被叫了去，一同进了邻近的一个房间。义雄现在开始要换衣服了，他像一个听话的幼儿园里的孩子，在护理师的吩咐下，把衣服脱光。护理师递给我一个毛巾，说：

"夫人，请您给他擦一擦身子。"

我把毛巾在温水里投了投，拧干水，给义雄擦洗身子。义雄的身板硬邦邦的，煞白煞白的，胸部的体毛被剃得干干净净的，赤裸裸的义雄背对护理师，静静地站着。擦完身子，换上T字带，护理师递过来一件浅绿色的手术衣，没有袖子，衣襟上有两根布条可以打结。换上手术衣，义雄显得精神了一点，等在一旁的护理师在义雄的肩部打了一针，是手术前的第一次麻醉注射。义雄把头歪向一侧，双眉紧蹙。

八点四十分，义雄坐上轮椅被推向二楼的手术室。我、惠美、辰雄、智寿子护卫在轮椅两侧，一直走到手术室门前。

惠美把脸凑近义雄的耳边说：

"老爸，我们在外边等，放松……"

麻药已经起了作用，义雄看起来昏昏沉沉，他轻轻挥了挥手，嘴唇动了一下，什么也没说出来。

手术室的自动门缓缓地打开了，义雄被一口吞进去。自动门上方的指示灯啪地一下亮了，显示：手术中。

手术室的旁边是患者家属的等候室，里边很宽敞，中间和四周都摆着沙发。这家大医院各个科室加起来，每天推进手术室的患者一定不少。义雄的手术需要很长时间，所以一早就开始了。我们走进等候室，已经有两组病人家属比我们先到了。

一组是一位六十多岁的母亲和她儿子、儿媳，正在接受手术的应该是父亲吧，是心脏外科还是脑外科呢？母亲忧心忡忡的样子，她有孙子了吗？也许孙子正在学校上课。儿子大约三十出头的年龄，长相很随他母亲，他和媳妇一左一右陪母亲坐着，神色倒是很冷静。

另一组稍稍年轻些，一位五十出头的男人和他的两个女儿。面容憔悴的男子和女儿说了些什么，两个女儿拎着保温瓶起身出去了。憔悴的男人也许为他的妻子担心着呢。无论是他们还是我们，都会感到，今天是多么漫长的一日。

我和惠美并肩坐着，辰雄夫妇在稍远一点的沙发上靠着打盹，他们早上起得那么早，加上长时间驾驶，一定累了。手术才刚刚开始，还没有什么可担心的。惠美从自动售货机上买来热饮料分给大家，辰雄把饮料握在手里继续打盹。

两个女孩回来了，很礼貌地从我们身边轻手轻脚地走过去。一个女儿把保温瓶里的热水倒进纸杯端给父亲喝。等候室里很安静，令人牵肠挂肚的患者眼下正在手术台上，和冷酷的手术刀赌着生死，家属的心态只能是听天由命。在结果没有出来之前，最好什么也别想。等候室里的患者家属在这一点上，也许会达成默契。

安静的等候室，时间好像凝滞了一般，每一分钟都移动得那么迟缓。人越来越多，有一半沙发都坐上了人。一个四十来岁的男人躺到我旁边的沙发条椅上，用一本杂志盖着脸。不知他是醒着还是睡着，不知他等待的患者是妻子还是父亲。

看看手表，是吃午饭的时间了。

手术台上的义雄，胸部大概已经被切开了，他的心脏在冰水里冻得瑟瑟发抖，颜色像紫茄子一样，在人工心肺系统的作用下停止跳动了。我把在DVD光盘上看到的画面胡乱地设想在义雄身上，现在的义雄仿佛远在天边，在我永远看不见摸不到的世界里。

别府医生曾经详细地说明了手术的过程，可是我已经理不清手术的顺序了。只记得心脏停止时间不能超过两个小时，重要的手术都是在心跳停止的那一段时间内进行的，心跳停止的时间越长，再启动的概率就越低。

我们分两组轮流去吃午饭，辰雄夫妇先去吃，他们回来以后我和惠美去吃，地点是医院内部的一家西餐馆。惠美拿起菜单，菜单只是一张薄薄的过塑纸：通心粉、咖喱、炒米饭、寿司、荞麦面、拉面……

"噢，天呐，第一流的医疗技术，第三流的西餐馆。"

惠美耸了一下肩，用英文抱怨了一句。无奈，两个人各吃了一碗刀工粗糙的荞麦面。

回到等候室是午后一点钟，广播里开始播通知，呼叫患者家属的名字，空气有些嘈杂了。被叫到名字的家属站起身到会客室去，和主刀的医师见面。

手术时间较短的患者家属，接二连三离开了，我们却牢牢坐着。比我们先来的那两组患者家属也没有被叫到。我旁边的那个男子依然是用杂志蒙着脸躺在那儿。

空气异样的沉闷。等待通知的家属好像坠在深深的池底，一旦被喊到了名字，就奋力挣扎着向光明的池面游去，浮出水面。

智寿子从小卖店买回糖果分给大家吃，辰雄的腰有毛病，不能久坐，躺在沙发上休息。我对智寿子说：

　　"义雄给你们添麻烦啦。"

　　"嫂子您照顾哥哥也很辛苦。谁让咱们是鹿丸家的媳妇呢。"

　　智寿子用开玩笑的口气自我解嘲。

　　"哥哥他得过结石吧？"

　　"是，膀胱结石。"

　　"我们家的这一位也得过。"

　　"哥哥还患过痛风吧？"

　　"那可是很早以前的事啦。"

　　"我们家的这一位也患过痛风。"

　　智寿子很爽朗地笑起来了。

　　"哈哈，这是鹿丸家的血统吧，男人的身体里边，容易犯堵。哥哥出了院，差不多该轮到辰雄啦，我和嫂子是一样的命。"

　　广播里又在呼叫家属的名字，有人开始向池面奋力游去。空了的沙发上，又有新的患者家属坐进来。惠美、智寿子闭着眼打盹。不知道还要在这里等多久，我也调整了一下坐姿，靠在沙发背上闭目养神。心里想着不要睡过去，但是眼皮发涩，竟迷迷糊糊地睡着了。

　　眼前是一片干涸的谷底，布满奇形怪状的岩石，硫黄的烟雾从地下喷出来，呛人的气味四处弥漫着，我和义雄在岩石间小心翼翼地行走着。义雄的模样变得像颗石榴，没有身体、没有脸，只是一个巨大的肉块。没有证据能证明这个石榴状的肉块就是义雄，但是我毫不怀疑他就是义雄，是我的丈夫。

叫作义雄的肉块用看不见的脚在走，脚步声来自肉块内部，听起来如同潮水拍打礁石。肉块一边走一边充血，变成通红的颜色。我们在硫黄的烟雾里时隐时现，我怕义雄被脚下的石块绊倒，伸出一只手扶着他，因为知道肉块是自己的丈夫，所以一点也不觉得他丑陋。

忽然间有三个穿白衣的人，像一阵风似的出现在我们面前，不由分说，把义雄按倒在地。其中一个人亮出闪着青光的手术刀，手法娴熟地挥舞着。

义雄的肉块像一只大海葵或海盘车，被白衣人牢牢地按住，丝毫不能动弹，肉块发出绝望的哀鸣。

手术刀划开肉块，……我对着白衣人大声地吼着：

"住手！

"不要杀他！

"放开他！"

我快要吓昏了，不知如何是好，眼前一片黑暗，谁能救救这个可怜的肉块啊。

义雄的血喷出来，溅到岩石上，肉块的颜色慢慢变青、变紫，不再挣扎，不再动弹了。我茫然失措地坐在一旁，哀求着：

"放开他，放开他，拜托了。"

"鹿丸……"

广播响了，我像是被谁的烟头烫了一下，突然睁开了眼。

"鹿丸义雄先生的家属。"

的确是在呼叫我。

站起身看了看表，下午四点半，居然睡了一个小时。

"……请到会客室来一下！"

义雄，死啦？

我想，义雄肯定是死了。

房间里的杂音像大海退潮一样，从我耳际消失。我清楚地记得，如果手术不出意外，按照预定会在下午六点或七点前后结束。但是现在是四点半，不应该结束那么早。

四个人脚步踉跄地走向会客室。护理师在会客室门前等着，确认了一下姓名之后，把我们领进去。会客室和左侧的手术室隔着一块巨大的玻璃墙壁，右侧是ICU（重症加强护理病房）。

会客室很简陋，一张方桌，几把椅子。戴着浅蓝色手术帽的颖田外科部长正在那里等着。我走在最前边，一进会客室就闻到一股头发烤焦了的气味，辰雄用手在背后推着我，我的心跳在加速。

"手术基本上已经结束了，请安心吧。接下来再观察一下出血的样子。"

颖田部长和往日一样，声音柔和、亲切。玻璃墙壁的对面，几个护理师正在给麻醉中的义雄缝合刀口，他们在明晃晃的无影灯下清理着活着的义雄。

"这么说，手术是成功的？"

"非常成功。动脉硬化程度比我预想的要轻，血管很干净，所以很容易和人工血管缝合，没用太多的时间。这么顺利的手术很少见啊。"

停顿了一下，颖田部长又补充说，义雄先生出血也不多，连输血也不必了。

我的身体轻飘飘的，不是挣扎着游动，而是被一股巨大的力量举起来，上升，从漆黑、沉闷的池底一直浮出水面，脱出了地狱，重返人间。

"这便是切下来的动脉瘤。"

颖田部长从身后的台子上拿过来一个像烟灰缸一样的玻璃容器，里边是一撮肉块，那种烤焦了的头发的气味就是从这个容器里发出来的。动脉瘤是用高频电流手术刀切下来的，好像还很烫，软乎乎的，用小钳子一

244

碰就会破裂的。

辰雄、智寿子和惠美，默默地盯着肉瘤。

这个丑陋的小东西，真把义雄和我折腾苦了。

"非常、非常感谢您。"

在肉瘤的容器前，我向颖田部长鞠躬致谢。

总之，一切都结束。

炸弹已经排除了。

不用再担心什么破裂了。

拍他、踢他、呵斥他、激怒他，都不用想着义雄会有危险发生。义雄的身体从此恢复，成为一个正常的男人身体。义雄又是往日的义雄了。

天差不多全黑了，等候室里显得空荡荡的。四个人分两组替换着到医院外边吃晚饭。医院的西餐馆一到六点钟就关门。

除了我们之外，等候室里还有几组患者家属焦急地等待着。不知他们中谁会浮出水面，谁会一直沉在池底。不知什么时候，那个用杂志蒙面的男子已经走了。祝愿他能游向光明的水面。

从一大早就来等候室的人，只有我们这一组了。

晚上七点钟，广播再一次响起。

自动门打开，护理师引导着我们通过灭菌室，进入ICU，走到义雄躺着的担架车边。连一扇窗户也没有的大房间，像在深深的海底，各种医疗机械发出一片轻微的噪音，像是哪儿躲着一群人在窃窃私语。义雄已经恢复意识，人工呼吸器也摘下来了，只是还没有完全从麻药的作用中解脱出来，漫长的一觉，经历了一场生离死别。

我走近义雄，他的脸像收缩了一样变小了，皮肤也显得又黑又粗糙，放在枕头上的脑袋，像一个骷髅头。稀疏的白发贴在额上，额头上还渗着一层细细的汗珠。可以想象手术是多么残酷，不过是半天的时间，义雄就被折磨成这个样子了。深深凹下去的眼窝，像裂开的黑暗的洞窟，这个样子仿佛在噩梦中出现过。

鼻翼在翕动，呼吸动作证明义雄还是一个活着的人。

惠美抽泣着，辰雄释然，智寿子紧紧抓着我的胳膊。

别府医生拖着疲惫的身子走过来，用安慰的语气说道：

"放心，放心，非常成功。"

他俯到义雄的耳边：

"鹿丸先生，祝贺你，家人都在你身边。"

洞窟一样的眼窝里，露出义雄浑浊的眼球，他微微转动着脖子，看了看周围。

"不用担心了。……大家回去吧。"

虽然还有一点嘶哑，已经听得很清楚，这是令人怀念的义雄的声音，是从前的声音。

"这么顺利的手术病例我还是第一次遇到。"

别府医生脸上露出自信与欣慰的笑容。

幸运之神向义雄微笑了，笑对义雄那一张形如骷髅的面孔。

午夜零时从医院的后门出来，气温似乎缓和了一点，多半是因为心情放松了，才感到不那么冷了。持续的寒流还没有退去，寒气像刀子一样威逼着这座城市。因为辰雄第二天还有工作，他们夫妻已经提前走了。我和惠美一直待到义雄睡熟了才离开，在医院门口招了一辆待客的的士，让的士送到F银行的门前。

我和惠美手挽手爬上冻雪的大坡，已经累得浑身是汗，回到家简单地冲了个澡就打算睡了。因为明天六点之前就得从家里出发去医院。七点钟和医院的人在ICU会面。

"我和妈妈一起去。别忘了叫醒我。"

惠美也困得不行了，爬进被窝没几分钟就打起鼾来。

我换上睡衣准备就寝的时候，已经凌晨一点半了，这时候，客厅的传真机响了起来，是梨江发来的传真，只有一行字：

老伴怎么样啦？梨江。

我用圆珠笔给梨江写了一条传真发过去

手术成功。老伴生还。香澄

睡意全无。于是拉开冰箱的门，拿出清酒的玻璃瓶，不知从何时开始，借酒催眠成了一种癖好。

老伴生还，老伴生还……轻声地自言自语。

虽然生还，但是我们输了。

义雄这一棵天然植物，遭到斧头、锯条的重创，伤痕累累。眼前浮现出在ICU见到的义雄的惨状，那种模样怎么能算凯旋呢！像昨天夜里一样，忍不住呜咽起来，人家是借酒消愁，我一喝酒反而悲伤起来。酒精能勾起我的困意，也能勾起我莫名其妙的伤感。

手术之后，我坚持每天都去ICU探望义雄，早上一次，晚上一次，探望的时间只有五分钟，我确认他还活着，然后回家。

义雄的骷髅一样的脸，逐渐增添了活人的气色。

手术后的第四天，义雄从ICU转移到普通病房。和别的患者一样，他要做步行训练，扶着挂点滴的台架，从走廊的这头到那头来回走。走廊的距离有五十米，往返一百米，心脏外科病区的走廊旅人们，一边忍着刀口的疼痛一边迈动艰难的步履。

切开的肋骨用金属丝缝合着，胸腔的废液和污血通过胶皮导管，流向缀在腰部的塑料袋里。左胸的乳头下方，还连接着一条防备心脏休克用的电板导线。

惨淡的旅程。

义雄移动着身躯，移到走廊尽头又回来，我看到他的脸，因为不堪刀口的疼痛而扭曲着。义雄已经不是动脉瘤的"神"了，他正在通过锻炼尽早地康复成一个人。从确诊动脉瘤不久，义雄就决绝地戒烟了，幸亏他戒烟了，不然咳痰引起的麻烦会使疼痛雪上加霜。

"浮世绘里的《百鬼夜行图》看过吧。"

义雄凑到我身边，自嘲地说：

"《百鬼夜行图》里就有我这样的面孔。"

旅人的行囊一天天减少，五天之内从义雄身上"卸"下来十二支导管，行动显得轻松多了。走廊里的步行训练一结束，义雄的活动地点便转到了康复训练室。

"手术那么成功，康复那么快，哎呀，少见。"

别府医生曾经很费解地对着义雄的背影自言自语地说过。

义雄越来越自信，从他身上采下的血，大部分返回到他身体里，所以他的气色比别的患者好看多了。

数日以后，我去医院看义雄，正巧在走廊里和义雄擦肩而过。

"喂……"我想叫他停下，但是只轻轻喂了一声又止住了。义雄的脸上分明写着：我很忙，你别添乱。我知道义雄是一个无论干什么都很执着的家伙。他在医院每天都很努力，一心想着快点康复出院，早早投入到他的工作中去。

可是，我也很忙啊。

大学里几乎每天都有课，一直上到二月中旬，然后是期末考试，监考、阅卷什么的，考试之前还有补课。义雄做手术期间，我向教务处请了五天假，五天的课时必须在期末考试之前见缝插针地补上。

"明天，我不来啦。"

义雄从康复室一回到病房，我就挑衅似的对他说，我盯着那一张大男子汉主义的脸。

"明天，我不来啦。"

"嗯……"

"后天我也不来啦。"

"什么？……"

"以后，再也不来啦。"

"……"

义雄坐在床上，一脸困惑。

"为什么不来，您想知道吗？"

"……"

"因为，……因为我死啦。"

我也不知道为什么和一个病人怄气。

眼泪夺眶而出。我仰起脸……

这究竟是怎么啦？一种莫名其妙的悲伤。……难道是劳累过度吗？或者是紧绷的神经像琴弦一样断裂了吗？因为不知道为什么发火，我的心里一片狼藉。现在的义雄不是已经得救了吗？瘤子没有了，人工血管置换上了，心脏又跳动了。对义雄我没什么可悲伤的，没什么可流泪的。

新的血管、新的身体、新的生活、新的明天。……这么一想，眼泪止住了。老伴生还的事实，对我来说比什么都值得庆幸。我想，我不应该那样对待义雄。可是，我应该怎样对待我自己呢？

我想死……

又隔了几天，去医院看义雄，他正躺在病房的床上聚精会神地训练肺活量，嘴里衔着吸引器一遍又一遍做深呼吸运动。吸引器上方的塑料圆筒里有一个乒乓球，义雄嘴里吞吐的气流，让乒乓球起起落落。吸引器看起来像一件儿童玩具，义雄一边呼吸一边留意着胸部的刀口，无视我的存在。

看到义雄这个样子，心底忽然涌起一股怒火，脱口而出的还是那句赌气的话：

"明天，我不来啦。"

一边收拾着义雄要洗的衣服，一边愤愤地说。义雄停止了训练，歪过头来看我。

"你快点康复吧。等你出了院咱们就离婚。你去过你的好日子吧。"

义雄没吱声，一脸很不耐烦的样子，好像在说：你看你看，又是这一套，简直让人莫名其妙。他把吸引器的蛇管插进嘴里，继续训练他的肺。

"我要去死啦！"

"死"这字眼一出口，胸中就像有一阵凉爽的风吹过，格外舒坦。那一瞬间真有一种想死的冲动，让我神经兴奋。

听到我这寻死的话，义雄脸上的表情顿时僵住了，他怔怔地看着我。

这个时候，惠美正好从外边打热水回来，她抱着保温瓶站到床边，我刚才说出的狠话她都听见了。

义雄好像是给惠美递了一个眼色。

"老爸，妈妈的话不要往心里去。"义雄用一个深呼吸动作代替回答，乒乓球在透明的塑料圆筒里骨碌碌地旋转。

"妈妈她……太辛苦啦。"

惠美把手轻轻搭在我的肩膀上。

从医院出来，两个人都感到累，懒得做晚饭，惠美提议去吃旋转寿司。

回到家时，天已经晚了。开灯，开空调，放热水，泡澡。

从浴室出来，拿出一瓶清酒和两个玻璃杯，母女俩一边呷酒一边聊。

"你说我到底怎么啦？惠美。"

我真心想让女儿帮我找找原因。

我在反省自己究竟是不是一个好妻子。丈夫住在医院里还是个病人，我却总找他的茬儿，往他身上撒气，想让他不舒服。我就是不明白自己为什么要生气，难道和义雄不是结发夫妻吗，义雄通过手术得以生还，按说这是多么值得高兴的事情啊。

"惠美，你说，我怎么突然变成了爱发火的人，而且觉得委屈呢？……"

惠美啜了一口酒，若有所思。

"其实，妈妈觉得还没有结束呢，不是吗？"

"什么？……"

我不解地问。惠美做了一个西洋人的耸肩加摊开双手的动作。

"……爸爸的动脉瘤呀。"

我没听懂惠美的意思。

"爸爸的动脉瘤已经成功切除了，已经对他没有影响了。可是爸爸的动脉瘤现在还影响着你。"

是这样的吗？那一颗骇人的动脉瘤已经不再影响义雄的身体了，而我仍然生活在动脉瘤的恐怖的阴影下。

"它在我身上还没有结束？……"

"大概是这样的。"

眼前浮现了义雄锻炼肺活量的样子，透明塑料筒里，乒乓球旋转着。是的，战斗已经结束了，我和义雄已经不用同仇敌忾、并肩作战了。义雄正一天一天地向着现实生活回游，我还是陷在非常态的情绪里，怀着和义雄同生死共患难的决心。

"惠美说的有道理，我真的还没想到结束。"

惠美给我的玻璃杯倒满酒。

"但是，很快就能结束啦。"

"……"

"爸爸的身体一天天康复，你也不用像以前那样提心吊胆的啦。"

女儿像是在安慰我，我像忽然感到委屈似的想哭，一种说不清道不明的大委屈闷在我的胸口，我禁不住放声大哭。

母女俩换了身份，惠美像哄孩子一样，用疼爱的口气对我说：

"想哭就哭吧，哭出来心里就舒服啦。"

女儿常年生活在国外，思想上很开明。她现在也做了妻子和母亲，比以前更理解生活了，女儿抚摸着我的后背，让我扑在桌子上尽情地哭。哭了一会儿，果然心里宽敞多了。

惠美去睡了，我走进自己的书房，打开电脑，查看自己的电子邮箱，每天晚上浏览邮箱已经成了我的一种习惯。以前，每天下班时打开家门口的木盒子，取出信件呀明信片什么的总是心情很愉快。现在，打开木盒子的动作变成了用鼠标轻轻点击。往日的那一份期待感早就没有了，也许是上了年纪，觉得什么都不那么新鲜了。

今天的邮件是：一家服装杂志社的新书介绍，大学教务处发来的联络事项，还有一封梨江写来的短信。我打开梨江的信。

　　　　你家先生的身体现在怎么样啦？
　　　　我猜想他的情绪也该稳定下来了。打算去医院探望，又担心给你们添乱，正犹豫着。
　　　　香澄，真的很佩服。
　　　　有一句老话说：丈夫病好了，妻子累倒了。想来你已经感同身受了吧。
　　　　最近没有你的消息，很担心。
　　　　需要我做什么吗？请不要客气。
　　　　　　　　　　　　　　　　　　　　梨江

头有些晕。
　　对电脑屏幕愣了一会儿，回过神来开始敲打键盘，给梨江写回信。

　　　　来信拜读。感谢。
　　　　衣不如新，人不如旧。不知不觉我们都成了‘旧’人啦。刚才，洗完澡出来，往镜子前一坐，自己被自己吓了一跳，映在镜子里的自已就像我去世的母亲呢。母亲当然没什么可害怕的，我害怕的是，现在的我已经和我母亲一样苍老了。在照顾义雄的这一段时间里，不知不觉，头发也白了，腰也弯了，这一年，我老了许多。

镜子里的我，比母亲更惨的是额头上多了一道竖纹，深深地刻在眉间。记得有位西方的女影星，把眉间的竖纹比喻成"魔女的一刀"，真不知是一位什么样的魔女，那么狠心，在筋疲力尽、奄奄一息的女人脸上又补上这一刀。

做了手术之后，义雄的身体状况一天天好转，每天要做各种康复训练，自己扶着挂点滴的架子在走廊里步行，能走三百米。挂点滴的架子取代了我，成了他最亲密的女友。

"丈夫病好了，妻子累倒了。"我对这句话深有体会。现在的我，也许是患了护理忧郁症。按说，丈夫的手术成功，好比一副重担从肩头卸下来，会感到轻松、愉快。可是事实上，我现在的心情很沉重，一点也高兴不起来。

我一直记得你说过，你们家的稻叶，用手掌托着自己的心脏，从天神的地下街往上走。在我想象里，稻叶手掌里的心脏，就如同坐在

257

莲花宝座上的佛一样——每个人身体里都有一尊这样的佛，只能恭敬，不能冒渎。

我曾经做过一个这样的假设——

在一对很恩爱的夫妻身上，发生了一件不幸的事：妻子被一群山贼抢走，强暴了她的肉体。后来，被山贼凌辱的妻子想尽办法逃了出来，重新回到丈夫的身边。那位丈夫会用什么样的心情迎接他的妻子呢？

妻子能活着回来，当然是一件值得庆幸的事，但是，面对遭受凌辱的妻子的肉体，丈夫会做如何想？

梨江，你知道我为什么要做这种假设吗？因为我的处境，和那位丈夫的处境是一样的。

不可亵渎的，不单是女人的身体，还有人的灵魂，人的心脏——那些深藏在人体里最隐秘的部分。

以上的假设已经发生在我身上，一个妻子直面受到凌辱的丈夫的心脏。当然，他们会认为我丈夫没有受到什么凌辱，反倒是先进的医疗技术挽救了他的生命。可是，被挽救的同时他也被侵犯了。

手术做完之后，医生把切除的肉块拿给我

看。我的注意力转移到医生的手上，医生的手白皙、纤细、灵巧、高贵，是一双很漂亮的男人的手，但是这双手隔着橡胶手套触摸了我丈夫的心脏，我不由自主地痛恨医生的手。

我转过脸去，不想看见那样的手。

为什么我会这样呢？

我不明白。

现在，我的丈夫总算从一场大难中熬过来了。手术刀切开他的胸部，属于他的那一尊佛又平安地回到他原来的地方。丈夫已经从手术台上下来了，我还在原地站着不动呢。

我必须忘掉些什么，尽快从这种状态里走出来，重新面对一个从地狱里返回的老伴。我相信，今后的生活会慢慢改变的。

先谢谢你的好意，义雄的病，近期尚不宜来探望。他还不能多说话，说多了会咳嗽，发出怪鸟一样的鸣叫，会吓着你的。

敬礼。

香澄

倒在床上，闭着眼，并不感到困。

泪水淌出来，从眼角流向耳际，但是心情不错。

正像女儿说的，哭出来心里就舒服啦。我呻吟似的哭出声来。

泪如泉涌。

泪水和胸口的郁闷一齐流出来了。

"喂！……"

一个遥远又熟悉的声音。

心里一惊，竖起耳朵。

"喂！……"声音又响起来。

那个男人还在找我呢。我记得我和他是发过誓言的：天地合，乃敢与君绝。那个信守诺言的男人又来了。

我仿佛已经从永劫中超脱。

男人的声音来自黑暗的深处，但是隐隐约约之中，那个声音变得飘忽不定了。我努力用耳朵捕捉那个男人的声音，他的声音淹没在嗡嗡的耳鸣里，淹没在屋外的夜风里，渐息渐止。

我想，那个男人也许会一直找下去吧，但是，我再也不能够回到那个地底的房间里去了。

从地底的深处，传来咣当一声闷响，好像一扇大门被紧紧地关上了。

我还能听到那个遥远又熟悉的声音吗？我闭上眼睛，心里有一点怀恋，有一点伤感。

后来，终于睡着了。